小学館文庫

夏の情婦

佐藤正午

JN243239

小学館

目次

夏の情婦

二十歳

ぼくはネクタイを結べない男である。

ウインザー・ノット、それからエスカイア・ノット、と結び方の名称は（たぶん本で読むか何かしたのだろう）幾つか言えるけれど、実際に自分の手で結ぶとなると見当もつかない。だからたとえば友人の結婚披露宴や、親戚の葬儀や、どうしてもネクタイが必要な席には、そのときそばにいる誰かに手をとって教えてもらうことになる。誰もそばにいない場合は、どうしても出席しなければならない理由がなくなるわけだから、案内状をくず籠に捨てる。ぼくはネクタイを結べないうえに出不精なのである。

いまはアパートに一人暮しで、「出席しないわけにいかないじゃないの森《もり》さんは高校のときの親友でしょ？」とか、「ネクタイの結び方くらい一度で覚えなさいよいい年してみっともない」とかお節介を口にだす母も、妹も、恋人もいないから気楽なものだ。かしこまった席への案内状は、たいてい郵便受けを通ってそのまままくず籠に届く。もうかれこれ三年ほどネクタイとは御無沙汰しているのではないかと思う。それで何の支障もない。

むかしは、母は息子がネクタイを結べないのを夫の早死のせいにしてよくこぼした。

つまりネクタイの結び方をとうぜん息子に伝えるべき父親がいなかったせいで、ぼくはいつまでたっても覚えられない、あるいは覚えようとしないというのである。父はぼくが高校生のときに亡くなったのだが、しかしそれでは父親に早く死なれた男はみんな、自分ではネクタイを結べないことになる。もちろん違うだろう。

妹の場合は、兄の不器用さを理由にあげてよく嘲《あざわら》った。たしかにぼくは器用な方ではない。しかしいくら不器用といったって、ネクタイを結ぼうとして結べないのでなく、その場ではきちんと教えられた通りにできるのである。いったんほどいて締めなおすこともできる。ただ、あくる日くらいにはもう忘れているだけの話だ。それに母に言わせれば、ぼくの不器用は父親譲りである。そして、ぼくの父は息子にネクタイの結び方を伝え得る技量の持主だったのである。だから妹の言い草も当っていない。

かつて恋人だった女性は、ぼくの怠惰な性格を指摘してくれた。ぼくは（むろん自分では気づいていないけれど）、外に出て働くのを嫌《いや》がっているのだそうである。つまりネクタイを締めて働くのを嫌だ嫌だと思っているから、覚えようとしない。ネクタイを毎日しなければならない生活を嫌っているから、覚えたくない。これはどことなくフロイトの学説を匂わせて説得力がある。そのせいかぼくは反論をためらったし、そのあと二人の仲はすこしずつ気まずくなっていったけれど、しかしいまになって考えるとこれもやっぱりおかしい。ぼくが怠け者であることは認める。毎日、仕事をしないで金の入る方法はないか考えていることも白状する。が、ぼくのいまの仕事は、部屋にこもって机に向うことである。机に向って小説を書く仕事にネクタイは要らない。つまりぼくはもう彼女と交際していた当時のように、ネクタイを締めて働くのを嫌だ嫌だと思う立場にはいないのである。当時はネクタイが勤勉の象徴だったと認めても、いまは事情が違っている。にもかかわらず、ぼくはいまでもネクタイを結べないのだから、彼女の指摘も鵜呑《うの》みにはできない。

ぼく自身の考えを言えば、要するに習慣と必要性の問題である。ぼくの過去はネクタイを習慣とするにいたらなかったし、ぼくの現在はネクタイをこれっぽっちも必要としない。必要がないから結ばないし、結ばないから覚えられない。あたりまえみたいだけれど、それがぼく自身で考えた理由である。本当は違うかもしれない。ほんとうは母の愚痴か、妹の言い草か、恋人の指摘か、いずれかが正しいのかもしれぬし、それともそのぜんぶが重なった理由でぼくはネクタイを結べないのかもしれない。しかし、たとえほんとうのところはわからないにしても、誰もがそれぞれの立場から、自分自身納得できる理由を見つけずにおかない気持は、わかっていただきたいと思う。

ともかく、くどいようだがぼくは自分ではネクタイを結べない。そうしょっちゅう誰かに頼るわけにはいかないから、当然、ネクタイを締めた経験もすくない。比喩《ひゆ》ではなく指を折って数えるほどで、ぼくはそのすべてを記憶にとどめている。

いちばん新しいのは三年前、ぼくが受賞した新人文学賞のパーティーの席である。上京するまえ、担当の編集者から電話がかかったときに、

「もちろん、あれですよね、新人の小説家だからってネクタイくらい締めたっておかしくないですよね」

念のため明るくさぐりを入れてみると、

「…………」

と不気味な沈黙が返ってきたので、ぼくは諦《あきら》めて旅行鞄《かばん》のなかに一本しかないネクタイを詰めることにした。パーティー会場の控室で、きまじめな顔つきの編集者が自分のをほどいて一緒に結び方を教えてくれたことを憶《おぼ》えている。

逆にいちばん古いのは（つまり初めてネクタイを結んだのは）、ぼくが二十歳のときである。たいていの男は、高校を卒業して就職、あるいは大学の入学式の際に初めてネクタイを締めるのではないかと想像するが、ぼくの場合は一年浪人したし、入学式にはダッフルコートとジーパンでのぞんだ。それから残りのたいていの男は、成人式の際に背広をあつらえ初めてネクタイを結ぶのではないかとも想像するが、ぼくの場合は地元を離れていて大学の冬休みにも帰郷しなかったから、そういう機会もなかった。二十歳のときといっても成人の日とは関係がない。

春だったと思う。ぼくは今年の夏で三十一歳をむかえるから、もう十一年まえの話

になる。初めてネクタイをした日のことはなんとか憶えていても、そこへいきつくまでの道筋は定かではない。少しずつ思い出していかなければならない。

春だった。暦の上では、と付け加えたほうがいいだろう。場所は札幌《さっぽろ》である。ぼくは札幌の大学生だった。大学はすでに休暇に入っていた。毎日、雪ばかり降っていたように思う。冬の陽《ひ》はいつも濃く厚い雲にとざされて淡く光る円盤でしかなかった。

そのあたりから思い出話に入っていく。


学生アパートの一室で目覚めるのが決って午後三時だった。時計がないのでテレビをつけ、ワイドショウを見ながらインスタント・コーヒーをいれて飲み、煙草《たばこ》をふかし、また一時間ほどうとうとすると外はもう夜である。腹が空《す》けばインスタント・ラーメンをつくる。気が向けば雪道を近くの定食屋へむかう。帰りに銭湯へ寄ることもある。ふたたび六畳一間のアパートに戻り、テレビを見る。筋のわからない連続ドラマ。プロ野球ニュース。深夜映画。ミステリーを読むこともあった。『悪徳警官』『追跡者』『歯と爪』。早めに布団に入っても眠れない。何を考えるでもなく考えぬでもなく、寝返りばかりうって、二重窓の外が白むまで起きている。まだ雪が降っている。頭の形がいびつになるような痛みをこらえ、義足みたいに固く感じられる脚を引きずってカーテンを閉め、生あたたかい寝床で身をちぢめるとこんどはやっと眠気がおそってくる。午後三時まで目覚めない。

そんな毎日がつづいていた。大学が休暇に入ろうが入るまいが同じことだった。ぼくはもう半年近くそんな生活をつづけていたのである。午後三時に目覚めて、大学の授業に出るというわけにはいかない。学生アパートの同居人たちのなかにはぼくのことを思って、試験の日程を教えたり出席をうながしたりする友人もいたけれど、その気になれなかった。

ぼくが部屋にこもってしまった理由について、もちろん彼らは幾つか考えてくれた。あっさりテレビのせいにしてしまう男もいたし、浪人生活の緊張がとけた気のゆるみと分析する男もいたし、いちばん親しい友人の場合は、ぼくが入学早々、夜のアルバイトに足をつっこんだのがもともとの原因だと言っていた。ぼくはそれらの意見の一つ一つに耳をかしたけれど、どれか一つをとることはできなかった。当然、ぼくにはぼくなりの考え方があったからである。

一つは、雪のせいかもしれなかった。来る日も来る日も雪が降っていた。どれだけかいても追いつかぬほど降ってきては、大家や住人たちにため息をつかせた。道の両側には汚れた雪の土堤がうず高く積まれ、いつまでも放置されている。人はその土堤に身を隠し重い足どりで歩く。歩きながら見上げる空はいつも古い綿のような雲に覆われていて、落ちてくる雪はぼくの眼《め》には塵《ちり》に似ていた。街に降った雪は決して新しくも清潔でもなかった。街は日に日に汚れの嵩《かさ》を増し、古びていく。雪はぼくの気持を、からだを、まぶたを重くさせる。ぼくはそんなふうに感じることがあった。

それからもう一つ、電話のことがあった。ぼくはある女性からの電話を待っていたのかもしれなかった。待っていた、とは残念ながら言い切れない。彼女とぼくとの関係は曖昧《あいまい》だったし、ぼくの気持もそうだったから。彼女の方の気持は想像もつかない。恋にしては、それに費やす一日の時間は少なすぎたように思う。ぼくの頭は気まぐれに彼女のことで占められ、そしてまたいつのまにか他のことに向いていた。部屋にいなければ彼女からの電話に出られない、と考えることはあっても、ミステリーを読むときに彼女のことを考えてはいなかった。ぼくはその電話を心待ちにしていたのかもしれないし、あるいはそうではなかったかもしれない。しかし、ぼくが部屋にいない時間はごくわずかだったから、結果的にどの電話も待つことになった。彼女からかかった電話の一本もぼくははずさなかったのである。まるでそのためにじっと部屋で待ちつづけていたかのように、受話器を耳にあてながらときに感じることがあった。

アパートの玄関を入ってすぐのところに、粗末な木の台に載せて電話は置いてあった。呼出し音が聞こえるとぼくは腰をあげ、部屋のドアを開け、板張りの廊下を端から端まで歩く。ぼくの部屋は廊下のいちばん奥にあり、春休みで他の学生たちは帰省しているから電話に出るのはぼく以外にはない。呼出し音の七つめで受話器を取る。いつもきっかり七つめである。それはぼくが勘定したわけではなくて、彼女が教えてくれた。

「もしもし？」

とまずぼくが言う。すると、相手が彼女ならしばらく黙ったあとで、

「もしもし？　わかる？」

とこたえた。別に特徴のない声だ。嗄《しやが》れてもいないし、澄んでもいない。柔かくも固くもなく、不機嫌でもないし笑ってもいない。

「わかるよ」

「いまから出られる？」

「何時？」

「十時半ごろに」

「店は」

「早退《はやび》けしたの」

「どこで……いつものとこ？」

「そうね」

「十時半に」

「ええ」

会話はいつもそんなものだった。

ぼくは部屋に戻り、歯をみがいて、ストーブとテレビを消す。手袋を取り、ダッフルコートをはおる。身仕度はそれで終り。コートのポケットに小銭と千円札を確かめ、ふたたび部屋を出て廊下を歩く。重い靴を履き、外へ出るとまだ雪がちらついている。しかし彼女と会う夜に雪がどう降ろうと気にはならない。めりはりもなく続いている毎日のなかで、彼女と会う日だけが特別だった。その一日が後から振り返って空白に思えることもあり、反対に他の毎日が無意味に感じられることもあった。

北24条の駅まで十分ほど歩き、薄野《すすきの》までいつも地下鉄で出かけた。当時は北24条駅が終点だったので、夜になると（ぼくはほとんど夜しか知らないけれど）、到着する電車からは勤め帰りの人々や酔客があふれ出てホームと階段はごったがえし、その時刻に逆の方向へ歩く人間は、何度も何度も人波に前から肩を押された末に、がらんと空いた車両までたどり着かなければならなかった。座席にコートを着たまま脚を投げ出してすわり、眼をつむると十分ほどで「すすきの」のアナウンスが聞こえる。眼を開き、煙草をくわえ、自動改札口を通って地上へ向う。駅の出口で火をつけて、ちょうど喫《す》い終えるころには待ち合せの場所に着いた。

彼女はいつも先に来て待っていた。喫茶店ともレストランともつかぬ店のテーブル席に、入口に背を向けて腰かけ、かならずビールを飲んでいた。ぼくはこの十一年間に何百ぺんとなく女性と待ち合せたけれど、先に来て待っていた女は（大げさではなく）どんなに記憶をたどってもただ彼女一人である。いくら早めに出かけても彼女が先だった。そのことをいま思い出すたびに、不思議な気がする。いったい彼女はいつもどれくらい先に来てぼくを待っていたのか。ぼくが着いたとき彼女が飲んでいた小ビンのビールは一本めだったのか、あるいは三本めだったのか。そのことを確かめてみようとさえしなかった二十歳の自分を不思議に思う。向いの席についたぼくに、彼女はいつもこう喋《しゃべ》りかけた。

「コートを脱ぎなさいよ」

「何時？」

「十時半」

「時計を見て」

彼女は笑顔も見せずに左の手首を返す。

「十時二十七分。まだテレビで時間をはかってるの？」

「そう。ほんとうは五分まえに着くつもりだったんだけど」

ウェイターが近寄ってきて注文をとる。熱いコーヒーが運ばれてくるまでにぼくはコートを脱いで隣の椅子に置き、煙草に火をつけ、彼女は黙ってビールを一口か二口飲んだ。

「テレビは、何を見てたの？」

「『だいこんの花』とかいうドラマ」

「どんな」

「知らない、本を読んでたから」

「ハヤカワミステリ？」

「『時の娘』」

「それはどんな……」

「まだ最初の十頁《ページ》くらいしか読んでない」

「…………」

と女は質問することがなくなって窓の外へ顔を向けた。汚れた雪の土堤があり、行き過ぎる車のランプの列《つら》なりが映る。ぼくはコーヒーカップの中へ砂糖をスプーン二杯分いれた。二十歳のぼくは女性を自分から誘うことはしなかった。

「何か訊《き》いて」

女が横顔を見せたまま頼んだ。ぼくは濃く引かれたアイラインとゆるく反《そ》った睫毛《まつげ》を視《み》つめてから、訊《たず》ねた。

「どうして早退けしたの」

「疲れてるから」と顔を正面に向けて彼女は答えた。それから「生理なの」と言い添え、赤い唇を左右にほんの一瞬だけ広げてみせた。頬の肉に力がこめられて抜け、きれいな歯並びが現われて消える。声は立てないけれど、笑ったというしるしなのだ。

「うまくいってる？」

とぼくが次に訊ね、彼女は短く訊き返した。

「何が？」

「いろんなこと」

「だいじょうぶ」

と彼女はうなずいて、自分でビールを注《つ》ぎ足す。グラスに八分めくらいのところで泡は止り、それでビンは空《から》になった。

「いろんなことはうまくいって、いろんなことはうまくいかない。あいかわらずよ」

「あの男とは……」

「それもあいかわらず。でも今夜は会わないわ。生理だから」

そう言うと、女はまた同じ笑い方をしてみせた。ぼくはその一瞬の笑顔に釣りこまれないように、顔を伏せてコーヒーをすする。しばらく沈黙がながれたあとで、女が誘った。

「……ねえ、来る？」

いまのぼくならきっと笑いながら、こういう台詞《せりふ》を間にはさむだろうと思う。

「でも生理なんだろ？」

二十歳の大学生はこう言った。

「行くよ」

「泊れる？」

ぼくは黙ってうなずいた。

彼女が伝票に手を伸して引き寄せる。ぼくは紺のダッフルコートをつかむ。

「先に出てタクシーを呼んで」

横の椅子に置いた白い毛皮を手に取りながら、彼女はいつもそう言った。


マンションは中島《なかじま》公園のそばにあった。彼女が待っている部屋へ直接行くときには、薄野から路面電車に乗る。四つめの停留所が確か中島公園通りといって、そこでぼくは降りた。彼女の部屋は七階建てマンションのいちばん上である。窓からは公園が見渡せ、パークホテルや護国神社が見え、豊平川《とよひら》の流れの向うには大学の建物を視界に入れることができた。

泊った翌朝は十時過ぎに起きた。彼女と一緒のときだけは眠れたのか、それとも寝返りをうちながらずっと目覚めていたのかいまでは思い出せないけれど、ぼくはかならず彼女よりも先にベッドを降りて窓のそばに立った。公園の銀杏《いちょう》の葉は、最初に来た頃は緑いろをしていた。それからしだいに黄いろく、そして鮮《あざや》かな黄金いろに染り、まもなく地上へ落ちた葉が目立つようになる。雪が訪れて落葉を覆い隠し、黒い枝ばかりの林を際立《きわだ》たせるまでそれほど時間はかからなかった。

窓の外の景色をながめ終るころ、部屋はガスストーブの火で暖まった。テレビの音で彼女が目を覚まし、時刻を訊ねる。ベッドへ歩み寄り、枕もとのデジタル時計を見て教えた。

「眠れなかったの？」

「いや。コーヒーいれようか」

「もう二時間寝かせて」

「…………」

「おなかすいた？」

「いや」

「何かつくりましょうか？」

「いらない。寝てていい」

そうして午後二時ごろまでぼくは一人でテレビの前にすわり、彼女が起き出すのを待っていた。

トースト、いり卵、フランクフルト・ソーセージ、胡瓜《きゅうり》とレタスのサラダ、それにコーヒーというのが遅い朝食兼昼食のメニューだった。つけっぱなしにしたテレビの前で食事をすませ、二杯めのコーヒーを飲みながら彼女は話した。唇は薄いピンクいろに乾いていて、はれぼったい二重まぶたは二十三歳の年齢よりもかなり幼い印象を与える。

「ゆうべ久しぶりにのぞいてみたの」

と彼女は言った。

「『フラニー』？」

とぼくは相づち代りに訊ねてみる。以前ぼくがアルバイトでバーテンをしていた酒場の名前だ。アルコールの入ったものは何でも飲ませて、音楽は静かな曲だけを聴《き》かせる。彼女とは一年前の春その店で出会った。

「そう。ビールを二本飲んだんだけど」

「何？」

「三本めは出してくれないの。酔っ払わないうちに帰れって」

ぼくは何度かまばたきをしてコーヒーを飲んだ。彼女はビールを半ダース飲んだって酔いはしないのである。

「まだ憶えてるんだ」

「ねえ。根に持ってるのかしら」

とぼくがつぶやくと、彼女は唇の両端を上げて笑ってみせた。

「八万九千七百円……」

『フラニー』という店と彼女が勤めるクラブは同じビルのなかにあった。クラブの名前も彼女の源氏名《げんじな》もいまは思い出せないけれど、九階にあったことだけ憶えている。『フラニー』の方は二階だった。

勤め帰りの彼女が友人に連れられ初めて『フラニー』のカウンター席にすわった夜と、ぼくがカウンターの内側で働き出した時期とはほぼ重なっている。彼女は派手な格子柄（オレンジいろ、黄緑、黄いろ）のワンピースを着ていて、そのときもビールを飲んだ。ぼくはまだ勝手がわからなかったので、ただ前に立って、名前も知らない女が着実なペースで空にしていくグラスにビールを注いでやっただけである。そのたびに彼女が例の声をたてない、口を横に広げただけの笑顔をつくるのと、友人と喋るときに見せる横顔の額《ひたい》の広さは印象に残ったけれど。

それから一週間に二へんぐらいの割合で、彼女は『フラニー』へ通うようになった。しかし二ヶ月たっても三ヶ月過ぎてもぼくは女の名前を知らなかったし、相手の方でもぼくの名前は憶えなかったと思う。大学へも当時はこまめに顔を出していた。親もとから十分な仕送りを受けているうえにアルバイトに精を出している学生は他にも大勢いて、ぼくはそれほど変った大学生活を送っていたわけではない。ただ彼らの場合は、稼いだ金を旅行や、バイクや、ガールフレンドのために利用したけれど、ぼくにはこれといった使い道がないという違いだけがあった。

すべては順調に、季節は春から夏へ移り、じきに秋をむかえた。その間にぼくは二十歳になっていた。彼女が一人で店に現われたのは八月の終りの夜である。札幌はすでに秋だ。客は彼女の他に誰もいなかったし、カウンターのなかに立っているのもぼく一人だった。もう一人いる従業員はたしか休みを取っていたのだと思う。店の主人がどんな用事で留守にしていたのかは思い出せない。

彼女はいつものようにまずビールを注文した。それからチーズとクラッカーをかじり、ぼくにも一杯飲むように勧める。ぼくは小ぶりのグラスに注いでもらい、彼女が差し出したグラスに軽く当ててから一息で飲んだ。彼女の赤い唇が左右に広がってもう一度注いでくれる。ぼくが飲み、彼女に注ぎ、彼女が飲み、ぼくに注ぐ。何べんくり返したかわからない。何本ビールを空にしたかもわからない。ほとんどこれという会話もなしにである。気づいたときにはビールの数を伝票に付けるのも忘れていたし、レコードは回り終って音楽が止《や》んでいる。そして、すでにできあがった女はこう言った。

「名前を教えて」

　ぼくは教えた。

「あたしは名前が二つあるの。聞きたい？」

「一つだけ」

　彼女が教えてくれた。

　それからお互いの年齢を当て合い、ぼくは二つ上にはずし、彼女はぴたりと言い当てた。

「ねえ恋したことある？」

「……あると思います」

　とぼくは答えた。

「つらかった？」

「いいえ」

　すると彼女はもう何度めかの声のない笑いを唇に浮べた。

「何かおかしいですか」

「ううん。気にしないで、癖《くせ》だから。まだ二十歳の学生さんだものね……」

　言いながら女は立ちあがりかけ、

「そろそろ帰らなきゃ」

　足もとをふらつかせた。

「タクシーを呼びましょうか？」

「いいの、自分でひろえる」

「下まで送ります」

「だいじょうぶ」

しかしぼくは彼女に肩をかし、店を空けたままエレベーターで一階まで降りた。タクシーに乗せてから、こんどは階段を使って店へ戻った。ものの五分とかからなかったと思う。そのときになって彼女の勘定を忘れていたことに気がついた。やや遅れて、店の手さげ金庫のなかから売り上げ金がぜんぶ消えているのを発見した。

警察へ連絡したのと店の主人が戻って来たのとどちらが先か、つまりどちらへ先に酔いのまわった頭を働かせて事情を説明しなければならなかったのか思い出せない。しかし事態をより重く見たのは『フラニー』の主人の方だった。なによりも、ぼくが店を留守にして若い女性を送っていったという点が彼の癇《かん》にさわったようである。うむを言わさぬ、しかもその日の売り上げをぼくが弁償するという条件付きの、解雇だった。よく憶えていないが、たぶん盗難にあった金は戻ってこなかったのだろう。

その夜から二三日してアパートへ、彼女から最初の電話がかかった。もちろん番号はぼくを馘《くび》にした男から聞き出したのである。電話ではうまく喋れないから会ってくれという。待ち合せの場所は薄野だった。夜中の十二時（彼女の仕事帰り）に会って、テーブルをはさんで向い合い、封筒を差し出された。中身は八万九千七百円。彼女は今回のことはあたしにも責任があるのだからどうしても受け取ってほしいと言い、ぼくはぼくで、もう弁償してきちんと片は付いているしお金に困っているわけでもないと譲らない。何度か吐息がつかれ、何度か唇が左右に持ち上がり、ぼくはたてつづけに煙草をふかす。そのときはそれで別れたけれど、また翌日電話があって、こんどは、お金のことは言わない、ビールを一緒に飲むだけでいい、きょうは仕事を休んだから、と彼女は言った。

そんなふうにして、ぼくたちは二人で会うようになった。彼女の部屋に初めて泊ったのは三回めの電話のときである。

それから半年が過ぎても、ぼくは彼女の部屋の電話番号は知らない代りに、自分があのとき弁償した金額はまだ憶えていたし、奇妙なことにその数字は十一年たったいまでも頭に残っている。

「そう、八万九千七百円」

と彼女は鸚鵡《おうむ》返しにつぶやいて、

「それっぽっちのお金で大騒ぎするくらいなら、自分が店を空けて飲みになんか行かなきゃいいのよ」

と言う。

「何かの用事で出かけてたんだよ」

「でもあなたが弁償することはなかったと思うわ」

「そうかもしれないね」

テーブルの上に両肘《ひじ》をつき、コーヒーカップの真上で両手を組み合せた女がためいきをついた。

「一度訊きたいと思ってたんだけど」

「………？」

「大学を卒業したあとはどうするの？」

「…………」

「むこうへ帰る？」

「わからない」

「教えておいてほしいの」

と言って、女は片手でコーヒーカップを受皿ごと脇へ辷《すべ》らせた。

「誰かを憎いと思ったことある？」

「ない、と思う」

「喧嘩したことは」

「女性と？」

「ある？」

「ない」

「恋したことは」

「あると思う」

「あたしを軽蔑してる？」

「いや」

「死にたいと思ったこと」

ぼくは吐息を洩《も》らしてから答えた。

「ない」

「あたしに言っておきたいことがある？」

「お風呂をわかさないと仕事に遅れるよ」

「いいの、遅れても」

「もう決めたのかい」

「ええ」

ぼくはしばらく間を置いて、

「ないよ」

と前の質問に答えた。

「何も？」

「うん」

彼女の顔が一瞬、声もなく笑った。

「やっぱり東京へ？」

「そう」

「彼には」

「話してあるわ」

「何か言われた？」

「さよなら」

ぼくは意味もなく部屋のなかを見わたした。ガスストーブ。ダブルベッド。洋服簞《だん》笥《す》。カーテン。ドレッサー。テレビ……。

「じゃあ今日が最後だね？」

「そうね」

と彼女はうなずいて、両手を組み合せたまま一つ咳払《せきばら》いをした。

「でも、もう一度だけ会ってほしいの」

「いつ」

「近いうちに。お願いをきいてくれる？」

ぼくは煙草に火をつけ、何も喋らずに待った。

「あなたの写真がほしいんだけど」

「ないよ」

とぼくは煙草を灰皿の縁でたたいた。

「一枚も持ってない」

「撮ればいいわ、一緒に」

「いま顔を洗ってこようか？」

しかし彼女は笑おうとしなかった。

「スナップみたいなのはいやなの。あたしがほしいのはきちんとした写真」

「よくわからない」

「ねえ、写真館へ一緒に行きましょう」

「写真館？」

「そうよ、背広を着て、ネクタイを締めて。あたしも……」

ぼくは途中で笑いだした。

「……いや？」

「そんなもの撮ってどうするんだい」

彼女がもういちど訊いた。

「いや？」

「いやじゃない」

　とぼくは言った。

「でも、背広もネクタイもぼくは」

「持ってないのはわかってるわ。一度も見たことないもの。クリスマス・パーティーのときだってお正月だって」

　彼女は立ちあがり、白い封筒を持って戻るとテーブルの上に置いた。

「……これは？」

「八万九千七百円。ずっととってあったの」

　そう言って例の笑顔をつくり、ぼくを見る。

「このお金を使いましょう」

「背広を？」

「ネクタイとシャツとベルトと靴も」

「…………」

「どう？」

「足りるかい？」

「足りるわよ。二十歳の学生なんだからそれでじゅうぶん」と彼女は言った。

ぼくが生れてはじめてネクタイを結び、結んだままで食事をし、映画を見て、ビールを飲んだのはその夜のことである。写真を撮るのが後まわしになったのは、写真館の営業時間のためだったかもしれないし、彼女の方の洋服や髪型の都合だったかもしれない。

背広は着る機会がないということで、彼女が、黒と灰いろの細かい碁盤縞《ごばんじま》のジャケットを見立ててくれた。ズボンはチャコール・グレイ。白のボタンダウン。焦茶《こげちゃ》いろのベルトと革靴。ネクタイはくすんだ赤のニットだった。目をこらすと黒い線が斜めに二本ずつ間隔をあけて入っている。もちろん一人では結べないから、買ったその場で彼女に向い合って手伝ってもらった。不精髭《ぶしょうひげ》を剃《そ》って髪を整えれば立派なものだと、洋服屋の店員に聞こえないように彼女はほめた。

そのときの彼女の服装は憶えていないけれど、周りから見れば（ロシア料理店でも、映画館のロビイでも、スナック・バーでも）お似合いのカップルに映ったのではないかと思う。半年も授業に出ず部屋でテレビばかり見てすでに留年が決っている大学生と、パトロンの他に二人の男出入りのあるクラブのホステスとが、最後の夜を惜しんでいるようにはとても見えなかっただろう。もっとも、当人たちにしても、お互いにきょうが最後の夜だなどという素振りは少しも見せなかったと思うが。

ぼくは彼女が（ぼくと会わない夜に）ときどき会っていた三十代の妻子持ちの男について、もう何も訊ねようとしなかったし、彼女がパトロンの五十男に請われて東京へ移る決心をしたことについても、一言も触れなかった。彼女の方でも、ビールを飲みながらぼくの将来の進路について話を向けるようなことはしない。ただ別れ際に、二人が別々に乗るタクシーを待っているとき、こんなやりとりがあった。

「写真館へはいつ？」

とぼくが片手に洋品店で脱いだセーターとズボンと靴の入った紙袋を持ち、片手はコートのポケットにつっこんで訊ねると、

「二三日中に」

と彼女は答えて、靴の具合でも見るように顔を下へ向ける。白く凍った息が女の口から洩れた。

「電話を待ってればいいんだね？　いつものように」

「そうね」

空車が一台やってくるのが見えた。彼女は気づかない。ぼくはポケットから出した手を上げながら言った。

「他には？」

「え？」

「何か言っておきたいことは」

するとと彼女は顔をあげてぼくを視つめ、いつもの笑顔をつくった。

「あなた優しすぎるわ」

「……？」

「学生だからそれでいいんだろうけれど、背広を着てネクタイをするようになったら」

「どうなる？」

車が止り、彼女のすぐ前で扉が開いた。

「ぼくはあとからでいい」

女が二つ分こたえた。

「ありがとう。余計なことね」

扉が閉り、タクシーが走り出す前に窓越しに片手で挨拶をかわした。それがお互いの顔を見た最後になった。

電話は三日たってもかからなかった。一週間待っても鳴らなかった。

その間に友人が一人帰省先から戻り、ガールフレンドとスキー旅行に出かけ、また帰ってきた。同い年の、いちばん親しい友人である。四月に入ったある日、ぼくの部屋のストーブでするめを焙《あぶ》りながら、久しぶりに彼と酒を飲んだ。

スキーよりもガールフレンドとの夜のことを中心に友人の話を聞いたあとで、ぼくは訊いてみた。

「恋してる？」

「あ？」

「楽しいか？　一緒にいると」

「……まあな」

「つらくないか」

「それは、なんなんだ？」

「質問だよ、ただの。答えたくなかったら答えなくてもいい」

友人は眉《まゆ》をひそめてこちらをうかがい、するめを嚙んだ。ぼくはつづけた。

「卒業したらどうする、何か考えてるか？」

「いや」

「仕事は」

「するだろうな当然。会社に勤めるか、公務員か、大学に残るか」

「考えてるんだ」

「そのくらいはおまえ……」

「結婚は」

「酔ったな？」

「誰かに優しすぎるって言われたことあるか」

「ねえよ。メロドラマじゃあるまいし、ほら脚も食え」

「…………」

「例の電話のおねえちゃんか」

「どういう意味だろう」

「それはさよならの台詞じゃないのかな。あなた物足りないわっていう代りの」

「…………」

「なんだ。恋してたのか？」

「ちがう、と思う」

「月に二三べん寝てただけだろうが」

「それだけじゃない」

「じゃあなんだ」

「他にどういう関係があると思う？」

友人がためいきをついてこたえた。

「こっちが聞きたいよ」

二人とも酔って明け方までそんなふうな話をつづけたあくる日の午後、彼女からようやく最後の電話がかかった。

いつものように呼出し音を聞いて腰をあげ、部屋の扉を開け、廊下を端から端まで歩いて受話器をはずす。耳もとに当て、まずぼくの方から「もしもし?」と言うと、

「もしもし?　わかる?」

と彼女の声が言った。

「わかるよ」

ほんの短い間二人とも黙った。ぼくは女が例の笑みを口もとに浮べたところを想像した。

「ねえ、六つめで受話器をとったわね」

「ん?」

「呼出し音。いつもはかならず七かい鳴らしたのに」

「そうかい?」

「ええ。決ってたの。わざとそうしてるのかと思ってた」

「………」

「東京からかけてるの」

「……写真は?」

「もういい。持っててもしょうがないから」

「でも……。うまくいってる？」

「何が？」

「いろんなこと」

「あいかわらずね」

「よかった。でもぼくには買ってもらったネクタイが残るよ」

「持っててもしょうがないものじゃないでしょう？」

「………」

「元気でね」

「これが最後？」

「ええ」

「ぼくが優しすぎるから？」

また束《つか》の間、沈黙があった。

「酔って口がすべったのよ。映画の台詞みたいに喋りたかったの」

「忘れないよ」

「ネクタイなんてじきに数が増えて、どれがどれだかわからなくなるわ」

「元気で」

「これから美容院に行かなくちゃ」

「さよなら」

「じゃあね」

そう言って電話は切れた。

受話器をフックに戻したあとで、玄関の引戸が二十センチほど開きっぱなしになっていて冷たい風が入りこんでくるのに気がついた。外では幾千もの細かい雪が風に舞っていた。二十センチの隙間からしばらくそれを眺め、ぼくはふたたび廊下を歩いて部屋に入った。そのことだけをはっきり憶えていて、その後のことは何も思い出せない。

それから四年ほどあとにぼくは札幌をひきあげ、ずっと南の街、西海市《さいかい》へ帰ることになった。大学は結局、単位を半分もとらないうちに途中で諦めたのである。

現在もこの街で暮している。

2DKのアパートにこもって小説を書くことがぼくの仕事である。だからネクタイの数は十一年まえとかわらない。

いちばん親しかった友人は、他の大勢の学生たちがそうであったようにアルバイトとガールフレンドと学業のかけもちをうまくこなし、無事に大学を卒業した。国家公務員の試験に失敗したのち大手のスーパーに勤めていたが、今年届いた年賀状によると、こんどそこを辞めて税理士になるための勉強に励んでいる。

彼女からはもちろん音沙汰がない。あのあと電話ではなくて札幌へ一二度手紙が届いたような記憶があるけれど、引っ越しに取りまぎれて失《な》くしたのか手もとに残っていないので、内容は思い出せない。こちらから返事は書かなかった。たぶん彼女の手紙には差出人の住所が記してなかったのではないかと思う。だからその後の彼女のことがわからない以上に、彼女はぼくのことを知らないはずである。大学をやめたことも、西海市へ戻って小説を書いたことも、いまだにネクタイを一本しか持たず自分では結べないことも。

じつは、ぼくの最初の本には巻頭に著者近影として写真が掲げられているのだが、そこに写っている黒っぽいジャケットは十一年まえのものだ。ネクタイの方は、よくごらんになればおわかりと思うが、ジャケットの左のポケットに押しこんである。それは別に堅苦しさを嫌ったわけでも何でもない。ひょっとして彼女がぼくの顔を憶えていて、書店で眼にする機会がないとは言えず、できれば自分としてはネクタイを締めて写りたかった。ただ、あわただしい撮影の途中でカメラマンや付き添いの編集者に、結ぶのを手伝ってくれとは気おくれがして頼めなかったのである。

夏の情婦

少年の声でわれにかえった。

ずっと窓の外を見ていた。

振り向くと、

「先生、灰が……」

そう注意する。

左手の指にはさんだ煙草《たばこ》を思い出した。

「落ちる」

少年がまた声をあげ、長くなった灰がこらえきれずにズボンの膝を汚した。右手ではたき、吸いさしを灰皿に押しつける。底のゆがんだアルミニウムの皿がテーブルの上で揺れて微《かす》かに音をたてた。

「先生、けんとうって何のこと？」

「………？」

見当検討健闘遣唐使………。小学三年生のプリント問題を取り上げて読んでみた。カマキリについて解説した文章が十行ほど、その後に設問がある。怒ったときのカマキリのどうさを何にたとえてありますか？

「拳闘選手だ」

「何？」

「ボクシング知ってるか」

「知ってる」

ボクシングのことを拳闘ともいうのだと教えた。

「ふーん」

「カマキリは知ってるのか？」

「虫。……よく知らない」

「そうか」

プリントを小学生に返して、もう一本煙草をつけた。折り畳み式の椅子の背に寄りかかって生徒たちとむかいあう。いちばん後ろの席で女の子がじっとこちらを見ているので、眼《め》で問い返した。片手でおいでおいでをする。煙草を灰皿に置いて立ちあがり、そばへ歩いて行った。

「これなんて読むの？」

左眼に眼帯をした小学五年生が質問した。腰をかがめてプリントに眼を落し、声に出して読んでやった。

「経験基本構想調和政府義務果物七夕迷子」

「こうそうって？」

「国語辞典は」

「忘れました」

二人のやりとりを聞いた隣の席の同級生が辞典を差し出した。受け取って、構想を引き、もういちど声に出して読んだ。

「考えをくみたてること、またその考え」

「へえ」

「わかるか？」

黙って眼帯が左右にうごく。

「考えはわかるか」

「うん」

「くみたてるは」

「わかる」

「考えをくみたてること、またくみたてた考えが構想だ」

女の子の右眼がこちらを見あげて何度かまばたきした。それから言った。

「せんせ、いま何時？」

左手首を生徒の顔の前へつきだした。

「あと五分かあ」

と呟《つぶや》く。それで時刻は十一時五十五分だと知れた。

「お兄ちゃん元気か」

「うん」

「ソフトボールの試合はいつだった」

「来週」

「応援に行くんだろ？」

「わかんない。子供会のプールの日だから」

「眼は」

「それまでにはなおるって」

「泳げるのか？」

「うん」

「何泳ぎ」

「クロールと平泳ぎとね、横泳ぎと犬かき」

「背泳ぎは」

「鼻に水が入るからいや。ねえ、クーラーちょっと寒いよ」

隣の席の生徒が一言だけ口をはさんだ。「あたし寒くない」

「夏眠《かみん》する動物がいるのを知ってるか」

「知らない。せんせ、独身？」

「ああ」

「太めと細めとどっちが好き？」

「何の」

「おんなだよ」

「おかあさん何か言ってたか」

「ハンサムだって。おとうさんに言ってた」

「おとうさんは」

「ほうって」

「夏に眠ると書くんだ。冬眠の反対」

「もう五分たったんじゃない？」

「まだだ」

自分の椅子に戻った。吸いかけの煙草をつまむ。デジタルの腕時計は十一時五十九分を示している。窓の外の陽射《ひざ》しがいちだんと強く白くなったようだ。外へ踏み出す一瞬の暑さを感じ、車の中の甘い重たい匂いを嗅いだ。駐車場まで十分ほど陽盛《ひざか》りの道を歩かなければならない。車に乗って走り出せば、風が熱も匂いも奪い去り、一時間後にはカーテンに閉ざされた冷たい部屋にいるだろう。

「先生」

といちばん前の小学生が言う。

「ここの意味は？」

しかし腕時計を見て丁度を確かめると、

「時間だ。続きは明日にしよう」

と答えた。

気がつくとベッドの脇に仕事帰りの服装のまま女がすわりこんでいて、

「すごいいびき」

と、ひとこと呟《つぶや》き、新聞をたたんで立ちあがる。うすい空いろのスカートが女の腰から三角形を描いてたれた。

「なにか飲みたい？」

いつからそこにすわっていたのかと訊《き》いた。

「もう六時半よ。スカートを引っぱらないで」

「きみのわきのしたの汗」

「ばかなことばっかり。お風呂場で水を浴びてくる」

「いいよ」

「そりゃあなたはいいでしょう、昼間から涼しい部屋で寝てるんだもの。でも、やめて、あたしは、やぶけてもしらないわよ」

女のからだは力をもち、女のからだをおおうものは力をもたない。スカートとその下のペチコートをつかんで引き寄せると、重いからだが抵抗を失《な》くして、のしかかってくる。汗の匂い。汗の味。

「くすぐったい」

からだを入れかえた。

「きょうも蟬《せみ》は鳴いてたかい」

「……ええ」

「どんなふうに」

女が油蟬を鳴いてみせた。

「それから」

女が別の蟬になって鳴く。ブラウスの小さなボタンが六つはずれた。白いブラジャーにおさまりきれぬ乳房を見ながら、訊いた。

「それは何蟬？」

「知らない。ねえ、汗をながしてから」

「蟬は何日生きるか知ってる？」

「…………」

「ゴリラの話はしたっけ」

眼をつむった女の顔が無言でうなずき、かぶりを振る。

「どっちなんだ」

「耳もとで喋《しゃべ》らないで」

からだにくらべて、乳房にくらべて、小さすぎる乳首が眼のまえにあった。赤い実のようだ。ついばむ鳥になった。女の白い、広い、なだらかな腹が波をうつ。

「スカート、しわになるよ」

「じぶんで脱ぐ」

女の肩の肉がもりあがり、背中の骨がとがり、腰が浮いて、沈む。その間に、上体を起し手を伸して、ベッドを寄せた壁に備え付けられたクーラーの目盛りを最高に合せた。眼を閉じた女の顔が上気している。待っている。指を這《は》わせながら、話した。

ある動物園で、ゴリラの母親が自分の子供をコンクリートに叩《たた》きつけて死亡させた。その事件に関して意見が二通りに分かれた。一つは、ゴリラの母親はノイローゼだという説。

「口でしたい？」

「………」

もう一つの説は、笑っちゃだめだよ、母親ゴリラは子供を強いゴリラに鍛えるつもりだった、つまりスパルタ教育をほどこしたという……。話し終ると、女の太い両腕が首に巻きついて引き寄せた。

「新聞で読んだんだ」

「はやく」

女の片手をつかみ、頭のうえで押え、腋下《えきか》に口をあてた。女の腕と、それから腰に力がこもる。腕も腰もはなさない。眼を閉じてクーラーの唸《うな》り声を聞いていた。眼を開けると、女のまばらな腋毛《わきげ》が見える。

「上になりたい？」

「ちがう」

「なにがちがう」

「おねがい」

女の白い、幅のある、やわらかいからだのうえにからだをあずけた。

「きれい？」と訊かれ、上半身だけを離して女の顔を見おろす。「ねえ、あたしきれい？」

「ああ」

「はやく」

「わかった」

「きれいと言って」

「きれいだ」

と言った。


前略。

ごきげんいかが。

ぼくはあいかわらずです。母に言わせれば、物ごころついたころからあいかわらずの生活を送っている。小学一年生のときの通信簿に、好奇心はひとなみ、ただし引っこみ思案、と担任の教師は書いていたそうだ。母は何かにつけてそのことを思い出す。思い出すごとに二十年前の記憶はすこしずつ変形されて、能力はひとなみ、ただ覇気《はき》に欠けると、いまでは言っている。これはぼくが大学を卒業できた、にもかかわらず定職に就けない、ことを嘆いた台詞《せりふ》なのだ。ときどき母にすまないと思う。できれば母を喜ばせたいとも思う。欠けた覇気を充塡《じゅうてん》して、毎日九時から五時まで働く生活を送りたいと考える。しかし具体的にどんな仕事をするのかまで考えることはない。ぼくのこうした考えはそこへたどりつく前にかならず行き詰る。というよりも、考え始めたとたんに眼のまえが白くなる。頭のなかも、まるで少年の日に一枚も描けなかった絵日記の頁《ページ》のようにまっ白になる。あいかわらず、とぼくは思う。自分じしんをつきつめて考えるとき、いつもこんなふうになる。自分じしんをつきつめて思い出すとき、いつもこんな場所にいる。ぼくには、二十年前の小学生が何をどんなふうに考えていたのか判《わか》らない。二十年後に何をするつもりでいたのか、どんな職業に就くことを望んでいたのかいなかったのか思い出せない。思い出せるのはただ、白い陽射しの道にたたずんでいる半ズボン姿の少年だけである。ぼくは夏が嫌いだった。他の少年たちは海水浴に出かけた。ソフトボールの練習に励んだ。ぼくは泳げないし、ボールをまともに握ったことがない。しかしぼくが憶《おぼ》えているのはその嫌いな夏のことだけである。二十年前を思い出そうとすると、いつも、ぼくは白い夏の道に立っている。自分のいまやこれからを考えようとすると、いつも、その場所へ戻っていき、うごけなくなる。そういうわけで、ぼくはあいもかわらず覇気なく生きて、二ヶ月くらいまえから学習塾の講師を勤めています。

きっかけは簡単なことだった。新聞で講師募集の広告を見つけた。ぼくは毎朝、新聞を隅から隅まで読む。一面も三面記事も家庭欄もスポーツ欄もコラムも投稿もテレビの番組表も広告も読む。途中でぼんやりする空白の時間も勘定に入れると、一時間から二時間かかる。で、ぼくは履歴書を書き、書きそこないはホワイトで訂正して、送ってみた。四日後に採用通知が届いた。試験も面接も一切なしなのである。五日後に電話がかかってきて、指定された喫茶店に出向くと、くそ暑いのに背広にネクタイをしめた三十前後の男がいて、スポーツ新聞を開いている。名刺をよこして、ぼくの顔からヘソのあたりまで（あとはテーブルで隠れている）、視線を下げると、

（阪神ファンかい？）

と訊く。

（いいえ）

とぼくは答えた。男はうなずいて、新聞を脇へ放り、アタッシェケースから書類を取り出して説明した。男が喋ることのほとんどをぼくは聞いていなかった。耳は正常なのだ。その証拠に、煙草を喫《す》いながら適当な切れ目でうなずいてみせることもできる。声は聴《き》こえているのだが意味が残らない。音声に意味を与えるために頭が働くことを忘れている。ぼくはときどき、しばしばそんなことがある。

男に手渡されたメモ用紙を頼りに、翌日、学習塾の教室にあてられた民家を訪ねた。ぼくの家から例のポンコツで三四十分ほど走った町にある。車がやっと二台すれ違え

る幅の坂道の途中、煤《すす》けた美容室の隣だった。玄関の表札の横に、縦長の（横30センチ縦1メートル）、学習塾を示す真新しい看板がかかっていた。

引戸を開けて三和土《たたき》に立つと、五十年配の女が現われて、ぼくの頭から爪先まで無遠慮に見まわし、もっと年のいった人物を想像していたと言った。赤い縁《ふち》の眼鏡をかけているのだが、右と左のフレームの位置がゆがんでいるような印象を与える。髪の毛をかまわない、顔の小さな、唇のあつい女だった。あがり框《がまち》からすぐの部屋が十畳ほどの広さの板張りで、すでに机と椅子が並んでいる。どちらもスチール製の折り畳み式である。細長い机が三台ずつ二列に配置され、それぞれに二脚の椅子が用意してある。講師としてのぼくの分も入れて十三脚。移動式の黒板もある。一方の壁には大型のクーラーも据え付けられている。いちばん奥（黒板の手前）の机について、ぼくは麦茶を飲まされた。ゆがんだ眼鏡の女が話す。ぼくはできる限り神経を耳に集中させた。

夫がつい最近、三十年勤めた会社を定年退職して、別の町で釣具屋を開業したのだそうである。子供三人はみな学校を卒業して、博多と大阪と名古屋に出ていったそうである。二人暮しには広い家に、下宿人でも置こうかと考えたが、新聞の折り込み広告で学習塾の教室募集を知って、今回の副業を思い立ったそうだ。きっかけはぼくの場合と似ている。生徒はいまのところ近所に呼びかけて六人集まることになっているが、もし順調にいけば一ヶ月で倍に増えると、学習塾の支部の責任者はうけあったらしい。ぼくは前日からズボンのポケットに入れていたメモ用紙の裏に、ボールペンを借りて月曜からの授業の予定を書きとめた。それから車を止める場所を相談し、麦茶を飲みおわると外へ出た。坂道を下りきったところで、給料の話を忘れていたことに気がついた。

こうしてぼくは六月の末の月曜から、学習塾の講師として六人の小学生を教えることに決った。八月になったが生徒の数は変っていない。給料はまだ一月《ひとつき》分しか貰《もら》わないが、六万円あった。生徒一人あたり一万円の計算になる。

いまは小学生が夏休みだから、午前中、八時半から十二時までの授業を毎日つづけている。それまでは夕方五時半から九時まで三科目の時間割だった。国語と算数ともう一つは自由科目である。つまり何でも判らないことがあれば、講師は教える用意があるというわけだ。およそ二ヶ月の間にぼくはいろんな質問に答えてきた。磁石はなぜ鉄にくっつくのか。雷はなぜ鳴るか。蝶《ちょう》は眠ることがあるか。どうして分数を勉強しなければならないか。漢字の書き順は誰が決めたのか。夏休みの宿題はいつまでに終ればいいか。双子なのになぜあたしとお兄ちゃんは似てないの？　ぼくはありとあらゆる質問をしのいできた。答えられなかったのはいまのところただ一つだけ、小学三年生の男の子が提出した疑問である。

夏休みに入って一週めくらいだったと思う。学習塾の支部の指示に従って、授業と授業の間に十五分設けられた休憩があるのだが、その時刻になるといつも、教室と奥の部屋とをつなぐほの暗い廊下から、例の眼鏡の女が七人分の飲み物を盆に載せて運んでくる。ぼくは麦茶を飲み煙草をふかしながら、教室の窓を眺めて時をすごすことが多い。たまにお喋り好きの生徒が話しかけてくることもある。

(せんせ、煙草おいしい?)

と何べんも、思い出したように訊くのは五年生の女の子で、左眼に眼帯をしている。六月に学習塾が始まったときからしていて、八月になったいまもはずさない。どんな具合なのかぼくも何度か訊《たず》ねたように思うが、そのたびにすぐ忘れる。彼女には双子の兄ときれいな母親がいる。兄は町内のソフトボール・チームの三塁手で、練習に忙しく塾に通う暇はないそうだ。母親の方は、一度だけ、急の用事で早退させてくれと教室へ迎えにきたことがある。痩《や》せっぽちで色の黒い娘とはちがって、ふくよかな感じの、美しい女性だったので記憶にとどめ、たまにこちらから、ママはどうしてると退屈しのぎに訊ねてみることもするけれど、小学五年生は、自分じしんのことでなく母親の話になるとあまり気乗りがしない様子である。

しかし、その日は、彼女はオレンジエードを飲みながらおとなしくしていた。他に話しかけてくる生徒もいないので、ぼんやり煙草をふかしながら窓を眺めることができた。窓硝子《ガラス》の外は小ぢんまりした庭になっている。そこには名前を知らない樹《き》が立っていて、生い繁った緑いろの葉が光の汗をしたたらせている。それからこれも名前の判らない赤い花が植えられ、三十度をこえる熱に細い茎でじっと耐えている。名前を知らない鮮《あざや》かないろの蝶が現われ、名前を忘れたトンボが横切って飛んでいく。ぼくが二十六年生きてたくわえた博物学の知識はこの程度にすぎない。死にかけた熊蟬(たぶん)が枝から枝へ、葉から葉へ、透明な羽根を光らせながら跳《は》ねまわるのを見ることもある。ときには授業中でも見とれることがある。そうして、たいてい小学三年生の男の子に、先生、と呼びかけられてわれにかえることになる。彼はぼくのすぐ前にすわっている。最初からそこを指定席にしているのである。授業中にいちばん質問の多いのが彼だ。

(先生……)

とそのときも、声変りまえの少年は言った。

ぼくは庭を仕切っている垣根の板の模様に眼をこらしている最中だったので、振り向きもしないで、質問があるなら授業が始まってからにしようという意味のことをこたえた。

(ちがうの)

としかし彼は言う。

人の顔のようにも女の性器のようにも見える木目から、小学生の顔へ、ぼくは視線を移した。色の白い、頭と眼の大きすぎる男の子だ。三年生にしてはすこし舌たらずのところがある、ような気がする。

（こないだ、ぼく映画に行った）

（いつ）

（土曜日）

（おとついか）

（……うん。おばちゃんと一緒に）

（何の映画）

（ぎんがてつどうのよる）

（おもしろかったか）

（ううん。そのとき、先生を見た）

（どこで？）

（バスの中から）

（声をかければよかったんだ）

（呼んだよ。でも先生、下をむいて歩いてたから聞こえなかった）

（……そうか？）

（うん。おばちゃんがね、あれが先生だって教えたら、びっくりしてた。若いのねって）

（おばちゃんていくつだ）

（はたち）

（はたちっていくつだ）

（20……？　ねえ、先生、どうして下をむいて歩くの？）

（……歩かないか？）

（ちゃんと前を見て歩けって）

（誰が）

（みんないう）

ぼくは短くなった煙草を消し、飲みあきた麦茶を脇へよけた。そうやって適当な答をさがしてみたが見つからなかった。これまで生徒たちから受けた質問は、いつかどこかで眼にしたものばかりだから、かつてぼくじしんが教わりあるいは本で読んだことばかりだから、なんとか答えられた。けれど、先生はなぜ下を向いて歩くの？　ぼくじしんの何故《なぜ》という問いかけに答を出すのは難しい。ぼくはどうしてうつむいて歩くのか。二十年間、あいかわらずなのだと生徒に答えることはできない。白い夏の道にたたずんでいる少年の姿を説明してやることはできない。先生は自分じしんを考える能力に欠けているのだ。そんなことを生徒に告白してみてもしようがない。

少年が訊いた。

（どうして？）

ぼくは正直に答えた。

（わからない）

（先生はいつも下をむいて歩いてるの？）

（……かもな）

（ふうん）

と少年はいった。


腕時計は十一時四十一分を示している。灰皿には二十本以上の吸殻がたまったままだ。

椅子を立って、クーラーのスイッチを切り、窓を開け放した。陽射しに眼がくらんだ。蟬の声に耳をすます。一日ごとに遠ざかっていくような気がする。風はない。

窓を閉め、椅子にかけなおした。小学三年生が問題を声に出して読んだ。

「くるま一台に四人ずつ乗っています。くるまが三台あります。みんなで何人乗っていますか。式をたてなさい」

　少年は鉛筆を握ったまま三秒ほど考え、プリントの解答欄に4×3＝12と書く。彼の筆箱のなかから赤鉛筆を取って、答の上に丸を描いた。大きな頭が上がり、大きな眼が見上げ、何も言わなかった。

「せんせ」

　と後ろの席で五年生の女の子が片手を上げて呼んだ。彼女はいつも授業が終りに近づいたころ、呼びつける。席を立って歩き、女の子が指さした問題を読んだ。

「4こで二〇〇円の眼帯と、6こで二四〇円の眼帯があります。どちらの眼帯が高いですか」

「眼帯じゃないよ、ナシだよ」

「まだはずせないのか」

「もうすこし」

「プールは」

「プールって？」

「どっちが高いんだ？」

「どっちでしょう。ハイ、書きなさい」

　眼帯の少女は身をくねらせて隣の席に寄りかかり、甲高《かんだか》い声で笑った。同い年の女の子がそれを受けとめながら、遠慮がちの笑顔になる。

「お兄ちゃんどうしてる」

「一回戦で負けたから元気ない」

「美人のママは」

「なによ先生なんて、一回しか会ったことないくせに」

「どっちが高いか式をたててみろ」

「時間ないから白紙にしようかな」

そう言ってまたさっきと同じような笑い方をする。隣も同じ。笑い終って言った。

「あのね、夏休みの宿題に音楽のプリントがあるんだけど、みんなで白紙で出そうって決めたの」

「どうして」

「だってオカノなんてだいっ嫌いだもん。ねえ？」

「岡野《おかの》先生、どんな人だ」

「なまいきなの。顔はこう」

女の子は、両手の小指を口の左右にあてて引っぱり、中指で鼻を押えてみせた。それから隣の席と一緒に笑いころげる。

「男か」

「先生！」と別の声が言った。

「女。呼んでるよ」

腕時計を見ながら、声の方へ歩いた。五年生の男の子が口をとがらせて言う。

「先生、うるせえよ。あいつなんとかしろよ」

「なんとかって」

「ひっぱたけ」

「彼女のお兄ちゃんの友だちだろ」

「俊一《しゆんいち》は友だちだけど、あいつ嫌いだ」

「プリントぜんぶできたか」

「ああ」

机の上の用紙を手のひらで叩いて、椅子の背にもたれる。もういちど腕時計を見て、先に帰ってもいいと言った。

「あと五分しかないから採点は明日だ」

五年生は無言で筆記用具と問題集を鞄《かばん》におさめると、椅子を引いて立ち上がり、帰り際に、

「先生、もうちょっとまじめにやってくれよな」

と言った。

ベッドのうえであぐらをかいて、短い吐息をついた。

太った女は涙声で、いったい何しにここへ来てるのよ、と訴えた。

「ばかにしないでよ」

ベッドのしたで横坐《よこずわ》りになっている女の、ブラウスのボタンは二つまではずれ、スカートはめくれて片方の太腿《ふともも》が見える。束ねた髪はいつのまにほどけたのだろう。

ベッドを降り、脱ぎすてたズボンをはきなおした。女がすわったまますこし後ずさりする。シャツを頭からかぶった。そのまま腕を通さずに部屋を出て、短い廊下をはさんだ隣の部屋を通り、台所の流しで水を飲んだ。ひどく冷たかった。もとの部屋に戻り、シャツを着終って女を見おろした。ブラウスのボタンは上まで止められ、スカートは両膝を隠し、肉のあついふくらはぎだけを見せている。泣ききれなかった女が言った。

「帰るの?」

一歩だけ近づいて、爪先でスカートをめくると白い腿がのぞいた。女が力をこめて、足を払う。ズボンのジッパーを下げて、女の顔の前に立った。

部屋の隅に追いたてられた女が、両手をつい立てにしてふせぐ。彼女のふっくらした手のひらにあてた。また涙声になった。嫌なのか、訊ねた。いやだいやだと答える。

女の両腕をつかんで広げ、つい立てのなくなった顔にふれた。きつく結んだ唇をなぞる。言葉にならない細い声があがった。唇が上下に分かれて言った。

「嚙むわよ、嚙むわよ」

女が本気で両腕に力を入れ、ふたたび顔をおおった。部屋の隅で泣きくずれた。

女の前にしばらくたたずみ、腰をかがめてティッシュ・ペイパーの箱から一枚とって拭《ぬぐ》った。仕事帰りに塗りなおした口紅の跡が残った。ジッパーを上げる。泣きながら女が言った。

「もう……いったいなにしにくるのよう」

二度と嫌なのか、訊ねた。それには答はなかった。

「なにを考えてるのかわからないわよ。あなたの頭のなかがどうなってるのかさっぱりわからないわよ」

「…………」

「鍵をおいていって」

ズボンのポケットから鍵を引っぱり出して、女のそばに放った。部屋を出て、短い廊下を通り、玄関へ歩く。女が大きな声で呼んだ。

「これちがう。自動車の鍵じゃないの」

もう一つ、キイホルダーについていない鍵をポケットから探し出して、待った。太った女が板張りの廊下を素足で踏んで現われ、車のキイを差し出す。交換した。

「さよなら」

口紅のはみだした唇が開き、うるんだ眼で見た。

扉の前にしゃがみ、靴をはいた。

「もう来ないでね」

鍵がないから来られない、振り向いて言い返した。


続きを書く。

こないだは一休みしようとペンを置いたところへちょうど電話がかかってきた。夜の十時をまわっていた。ぼくは風呂あがりで缶ビールを飲みながら書いていたのである。今夜もそうやって書く。

電話をかけてきたのは女です。知り合ってから四ヶ月近くになる。寝てから二ヶ月になる。太った女だ。初めて見たときもそう思ったし、見慣れたいまでもそう思う。顔はからだつきに比べると小さいから、肉のついた上半身と、それよりもっと肉の厚い下半身とをおおった裾広がりのワンピース姿を離れたところから見ると、きれいなピラミッド型をしている。ほんとうにそう見える。

　太った女はバッティング・センターの受付係をしている。客が差し出す百円玉二枚と引き換えに1ゲーム分のコインを渡すのが彼女の仕事だ。そのバッティング・センターにぼくは春先から初夏にかけて通いつめた。なぜ春先に通い始め、なぜ初夏になって急にやめたのかは自分ではもちろんわからない。始めたのはプロ野球が開幕したころだが、べつにぼくは野球に興味を持っているわけではないから、それとは関係ないと思う。一回目はただ偶然だろう。車を運転して街を走り回っていたらバッティング・センターに着いた。草野球のシーズンにはまだ早いのか客は他にいなかった。ぼくは千円札を女に渡し、五枚のコインを受けとった。バットを振りまわしたがちっとも当らない。悔しくてもう千円分振ったら手は豆だらけになり、あくる日は腕と腰が痛くてしようがなかった。それでも朝から出かけた。ぼくが一番の客だった。バッティング・マシンと太った女とぼくだけだ。その日は五枚のコインのうち二枚余して、帰りに手袋と野球の入門書を買った。

　最初のうちは通っても通っても、マシンから飛び出した軟球が金属バットをかすめる耳ざわりな音しか聞けなかったが、一ヶ月もすると（一ヶ月もかかってというべきか）、ぼくは1ゲーム25球中20球はまちがいなく芯《しん》でとらえられるようになった。球をバットの芯でとらえるととても心地よい音が聞こえる。キーンと書いてもカーンと書いてもちがう。まが抜けている。音は言葉にならない。時間が止るのだ。あるいは死ぬ。マシンとぼくとのあいだで一瞬、時が死んでしまう。そんな感触で表わすしかない。ぼくは金属バットをかまえ、マシンを視《み》つめる。息を詰め、両手に力をこめ、肩の力は抜く。入門書通りである。ハイ・スピード・ボールのマシンから飛び出した球がホーム・ベースの真上を通る。その一瞬だ。球は静止し、ぼくは腰を回転させてバットを振る。時間は死んでいる。球は待っている。芯でたたく。振りきったときにはもう時間は息を吹きかえしている。音は聞いたとたんに消えている。そのくり返しだ。一瞬のくり返し。手間と時間をかけ、スタンスを決め、フォームを固め、息を殺し、待ち、空気を切り、音を聞く一瞬をただ何度も味わうために、ぼくはバッティング・センターに通いつめたのかもしれない。あるいは、そんなことはこじつけにすぎず、理由はもっと他にあったのかもしれない。何べんも言うけれど、自分じしんを正確につかむことをぼくはなかば諦《あきら》めている。通った本当の理由なんて見つけられないのである。ひょっとしたら無言のマシンに魅《ひ》かれて挑戦をつづけたのかもしれぬし、またひょっとすると太った女のためにバッティングの上達に励んだのかもしれない。

彼女の話に移る。

ある雨降りの朝、そのときもバッティング・センターの客はぼく一人きりで、受付係としては暇をもてあましたのだろう。ぼくがいつものように一二五回バットを夢中で振り終えて気がつくと、緑いろの網で仕切られた隣のケージで彼女が遊んでいる。しばらくその様子に見とれてしまった。ほんとうは、遊んでいるという表現はどうかと思うくらい、彼女は一回一回真剣に金属バットを振っていたのである。ただしその バッティング・フォームはでたらめで、サッカーのボールだって当りそうにない。彼女がほぼ水平に振るバットと球との間は何度やっても三十センチ以上は離れていた。しかしそんなことはどうでもいい。ぼくは彼女のバッティング技術にではなく、体型と、そのからだの連続したうごきに見とれたのだから。両腕の肘《ひじ》を伸したまま女はバットを振った。足が小刻みにステップを踏み、からだごとぐるっと回ってスカートが弧を描き、彼女は頭を頂点としてきれいな円錐形《えんすいけい》になる。まるい膝頭がのぞき、踏ん張ったふくらはぎが見える。豊満な乳房の影が洋服のうすい布ごしに透いて揺れる。ノースリーブの生白い二の腕がしなやかに伸び、スカートの弧に沿ってまわる。小さめの顔はほんのり赤くなり、束ねた髪の額《ひたい》から鬢《びん》のほつれたこめかみにかけて汗の粒が浮きだしていた。

そのうちに彼女がこちらの視線に気づいて微笑《ほほえ》み、舌を出した。ぼくは二重に張られた網をくぐってケージの外へ出ると、彼女がそばに立つのを待った。手の甲で汗を押えながら女は近づいて、言った。

（みっともなかったでしょ）

（きれいだよ）

とぼくは言い返した。けれど実のところ自分が何を喋ったのかすぐには気がつかなかった。彼女の上気した顔がほんの少し怪訝《けげん》そうに訊ねた。

（えっ？）

（………）

それでぼくはばつが悪くなって黙った。さっき彼女のからだのうごきに見とれていたときの感想を伝えたかっただけなのである。魅力的なバッティング・フォームだった、と言い直そうかと咄嗟《とっさ》に考えたが、同じことのような気がしたのでやめた。

（あたしなんか……）

と女が呟き、ぼくはそれを、婉曲《えんきょく》にこちらのバッティングをほめているのだと見なして、初めてバットを握ったときは誰でもあんなものだよと答え、次に、

（毎日、熱心ですね）

（うん。まあ……）

という短い台詞が入り、

（仕事は何をしてるんですか？）

とたたみかけられて、もうぼくは後にひけなくなってしまった。

ちょうど翌日が彼女の公休だったので、割勘で映画を見て食事をした。次の休みは

例の年代物でドライブに誘った。車の助手席側が沈み込むような錯覚を味わいながら二時間ほど走りまわって、丘を上り、海岸沿いに下り、遊覧船に乗り、遅めの昼食をとった。キリンの首は長いのになぜ前へ倒れないかという話を、新聞で読んだ通りに教えてやると彼女は非常に喜んだ。また二三時間走って、お茶を飲み、午前中と同じ道をたどって丘のうえで駐車し、窓を閉めた中で三べんキスをした。こんどは下る途中でモーテルへの別れ道にハンドルを切った。

夕方の六時頃だった。一戸建てのバンガロー風の家に入り、和室で互いに座布団にすわってテーブルをはさみ向い合った。

（よく来るの？）

と彼女が場慣れしたともしないともとれる質問をして、ぼくは初めてだと答えた。最初は何故ほんとうのことを教えたのかは判らない。それから二人で風呂に入った。彼女が先に一人で入る約束だったのである。しかしぼくはそういう場所で、そういう状況でどうやって一人で時間をつぶせばよいのかわからなかった。五分もすると耐えられなくなり、予告なしに浴室の扉を開けた。いやだ、と彼女は叫んだ。ぼくは答える文句が浮ばなかったので黙って湯舟につかり、縁に腰かけた。女は肩まで沈みこんで両手で顔をおおっていた。ぼくは女の片手をとって引きよせた。

（いやだ）

と女がまた言った。

(かたくなってる)

そしてぼくを見上げ、舌を出して微笑んだ。微笑んだまま口を近づけ、ちょっと舐《な》めただけですぐに離れた。

(きれいと言って)

真顔でぼくを見て女が頼んだ。

(あのときみたいに言ってみて)

ぼくは言った。すると女は両手を添えて頬ばった。

彼女はこの街から二百キロほど離れた土地の出身で、伯母の家に下宿している。下宿といっても、母屋《おもや》とは別になった二階建ての上の方が彼女の部屋なので、ほとんど一人住いと変らない。一階の部屋には三十前後の女が(これは親戚ではない)、同じく一人で生活している。

伯母というのは、彼女の話からすれば六十過ぎの小柄な女で、相当の資産家である。彼女の血筋に小柄な伯母がいるというのは話を聞いたときもいまも納得しかねるけれど、実際にはぼくは見たことがないから信じるしかない。資産はむろん自分で築いたのではなく男が遺《のこ》したものである。男は一昔前まで飲み屋とレストランを何軒かずつ経営する実業家だった。つまり彼女の伯母はその男の二号か三号にあたる存在で、旦那は十年くらいまえに（彼女が話すことだけしかぼくは聞いてないのでわからないが、たぶん原因は脳溢血《のういっけつ》だろう）亡くなったのである。それで伯母はいま住んでいる家作と、他に和風スナックというのを一軒、前々からの遺言通り引き継ぐことになった。もっとも、伯母は遺産の他にも小金をためこんでいるらしく、下宿人は二人置いているけれど姪《めい》からは部屋代を取らないし、自分が名目上のママになるスナックの方へも出たり出なかったりである。出ないときはたいてい旅行している。近くの温泉、京都、佐渡、北海道というところから始まって最近ではしばしば外国（ハワイ、香港、台湾、そしてまたハワイ）へ足をのばす。ぼくがドライブの帰りにはじめて彼女の部屋へ、傾斜の急な狭い鉄の階段を上ったときも、伯母は中国行きのツアーに参加していて留守だった。靴音を気にして忍び足になるぼくに向って、彼女は、母屋にはいま誰もいないし、一階の住人は夜の勤めだから心配する必要はないと教えたのだった。

伯母の家は丘の中腹にありしかも彼女の部屋（2K）は二階だから、階段の途中でも、アルミサッシの扉を開けると三和土がなくてすぐ廊下になっている脇の小窓からも、そして寝室の窓からもブラインドを上げれば、眼下に街並が見渡せる。手すりの低い階段の途中に立って眺めると、めまいがしそうでちょっと恐《こわ》いほどだ。しかし夜（それほど遅くない夜）、眼をとじてうごかなくなった女からはなれてベッドを降り、ブラインドの隙間から淡い街灯《まちあか》りを覗《のぞ》くのは悪くない。背後ではクーラーの唸り声が聞こえるだけだ。下界では夜の始まりを告げるネオンが瞬《またた》いている。窓を開けはなてばきっとまだ蝉の声にまじって、昼間の熱気がさめつつある音が（たとえばはるか下の国道を終日、行来する自動車の残響のような音が）沸き上がってぼくをつつむだろう。

そんな夜の時間が好きでといえばまたこじつけになるかもしれないけれど、ぼくは毎日のように太った女の部屋へ通い出した。すでに季節が変り、野球チームのユニホームを着た男たちが、朝方からバッティング・センターにはめだつようになっていた。ぼくはそこから遠ざかった。学習塾が終った夜に彼女を訪れて抱き、ブラインドを指で押し開けた。夏休みに入ってからは鍵をもらい、昼間、学習塾が終ると訪れ彼女がバッティング・センターから帰るのを待って抱き、窓の外を眺めた。太った女はたぶんぼくにとって今年の夏の日課のような存在だった。ずっと昔、隅っこでやったラジオ体操や、夏休みの宿題や、ひとりぼっちの白い道がそうであったように、いま学習塾の三時間や、彼女を待つために上る鉄の階段や、終ったあと眼下に光るネオンサインがぼくの日課なのだった。

そして夏が終りに近づいた。

ある日、太った女はぼくに部屋の鍵を返せと言った。ぼくは黙って従うことにした。どうしてなのかはよく判らない。そのときぼくはただ八月の残りの日を数えていたのかもしれず、あるいは心のどこかで、夏が早めにきりあげられることを思って安堵《あんど》していたのかもしれない。ところが、こないだの夜、缶ビールを飲んで一息ついたとき電話がかかってきた。太った女はもういちどだけ会って欲しいとぼくに頼んだ。夏はまだ終りに近づいただけなのである。


夏休み最後の授業を定刻の三十分前に終えた。

出席した五人の生徒のなかに不満を述べる者はいなかった。

あいかわらずフレームのゆがんで見える眼鏡をかけた女が飲み物を運んで来た。そのまま奥へ引っこまずに、脇に立って、子供たちがオレンジエードを飲むのを見守っている。ハンカチにくるんだグラスを両手で持った女の子が訊ねた。

「先生、アリはどの足から歩き始めるの？」

「うん？」

「お母さんもお父さんも知らないって」

「アリに訊きなさいよ」

眼帯をした友人がそう言うと、質問をした女の子まで一緒になって陽気に笑った。思い出して、教えた。

「左側の二番めの足」

「見たの？　せんせ」

「読んだ」

「本で？」

「新聞。とうとうはずせなかったな」

「夏休みの友、半分しかできなかったんだって」

　ふたたび子供たちが笑いくずれる。脇に立った女の笑い声だけ聞こえなかった。

　子供たちがグラスを空《から》にして玄関へ向った。帰り際に小学三年生の男の子が、この次の授業はいつになるのか確認した。椅子に腰かけたまま、月曜の夜だと答えた。

「先生……」

　と女の手が肩に触れた。

「ちょっと奥へ」

「……？」

「おひるをご一緒に」

　と言って、女は奥の部屋につづく廊下に消えた。

　立ち上がり、壁に取り付けられたクーラーのスイッチを切った。麦茶の残りで灰皿のくすぶりを消し、それからほの暗い廊下の向うへ歩いた。

暗闇のなかで目覚めた。

太った女の足が畳を踏んでいた。

閃光《せんこう》が走り、部屋のなかがくまなく白くなった。

「ずっと寝てたの」

女が訊いた。灯りを消してくれと頼んだ。

「まぶしい？」

女はクーラーの正面に立ってブラウスの胸をはだける。時刻を訊くと九時だと教えてくれた。

「遅くなってごめんね」

女がまばらな毛の腋下を見せて紐《ひも》を引っぱり、蛍光灯の照明が半分になり、次に淡いオレンジいろのランプにかわった。ボタンがはずされ、ファスナーが下げられ、下着一枚になってタオルケットのうえからおおいかぶさってきた。いやな匂いがする。

女の唇が追いすがった。

「こっち向いて……」

唇をあてた。舌が歯を舐め、歯ぐきをさぐっている。鼻息がかかる。歯の力を抜いた。舌が進み、からみ、やがてはなれ、上唇と下唇を交互に吸った。

「友だちとお酒を飲んできたの」

太った女の息づかいが荒くなり、からだに弾みがついた。タオルケットがはねのけられた。息が下腹にかかる。

眼をつむった。

両手が握ってむしゃぶりついた。喉《のど》が鳴った。吸い出され、鼻息が聞こえ、また喉が鳴る。女の両脚がシーツをこすりつける。

「……まだ？　いいの？」

と訊かれて、

「いいよ」

とこたえた。

太った女が身を起し、すわりこむように沈めた。両手を脇腹に添え、腰を持ち上げると、

「あ……」

短い声があがった。

肉のあつい尻が落ちてきた。女の肩を押えた。尻が上がり、落ち、振られる。

「かんじてる？」

と訊かれた。

腰を引いて、抜いた。からだが入れ替わった。女は両膝をついてうつ伏せになった。尻を両側からつかんで、あてた。辷《すべ》るように入りこむ。先から徐々に熱くなる。女の顔が右へ、左へ、鼻翼のふくらんだ横顔を見せ、見せないためにまた右へ、左へ、うごく。腰骨と尻の肉がぶつかる。なんどもぶつかった。女が言った。

「いまよ……」

そして言った。

「はやく、はやく」

腰骨を尻にあてたままこねまわした。もうじきだった。女の両肩をわしづかみにした。もうじき。片手を女の口に呑《の》みこませた。唸り声が聞こえ、顔が髪が振りまわされる。終る。手の先が唾液にまみれる。終っている。口が吐き出し、深い息が洩《も》れた。

うつ伏せになった女の横に倒れこんで息をととのえた。ベッドのすぐ下に置いてあった電話が鳴り出した。十三回まで数えて、切れた。風呂場へ行って洗い、部屋に戻って下着をつける。女は腰から先をタオルケットでくるみ、背中を見せていた。鼻をすすり、しゃくりあげる声が聞こえた。ベッドに上り、女の顔を覗きこみ、泣いているのを確かめた。また電話が鳴った。女の肩に手を置いたまま音の方を振り返った。

十回まで鳴りつづけたとき、女の涙声が、

「伯母さんよ、きっと」

と言った。


また続きを書く。

九月になった。季節は変りつつある。学習塾は夏休みと一緒におわった。

最後の授業のあと、例の眼鏡の女に誘われてぼくは奥の部屋で鮨《すし》をごちそうになった。初めて見る部屋は、初めて歩いた廊下と同じようにほの暗く、六畳の広さに卓袱《ちゃぶ》台や、26インチのテレビや、食器棚や、整理箪笥《だんす》や、それに仏壇まで据えてある。開け放した窓には簾《すだれ》が下がっていて風は通わない。代りに扇風機がまわっていた。女は、ぼくがビールを断ったので、何を飲ませていいのか考えあぐねたふうだった。ぼくは熱い茶を頼んだ。それがぬるくなったのを飲み、鮨をつまみながら彼女の話を聞いた。

生徒が一人やめるといってきたそうである。理由はぼくには判らない。母親からそういう電話がかかったとだけしか女は話してくれなかった。ぼくは、ことあるごとに講師の授業態度を糾弾しつづけた小学五年生の男の子の顔や声を思った。彼は夏休みの終りの一週間を欠席していたのである。女はつづいて、二ヶ月たったのに生徒の数がいっこうに増えないのはどうしてだろうかと言った。ぼくが黙っていると、夫はもうやめた方が無難という意見なのだとつけ加えた。沈黙と熱すぎる茶が苦痛なので、ぼくは、釣具屋の方はうまくはこんでいますかと訊ねた。女は、おかげさまでとだけ答えた。

（それで、どうしましょう）

（…………）

（先生もやめた方が無難と思いますか？）

ぼくは熱い茶を吹いて、一口すすり、

（おまかせします）

と言った。

すると女は茶封筒を取り出してぼくに渡した。残りの給料と明細が入っているそうである。他の生徒のことは、自分が親たちに説明して謝るから心配いらないという。そのあと二人とも、お茶が冷めるまでこの夏の暑さのこと以外喋らなかった。ぼくは湯呑みを置いて最後の挨拶をした。始まりも簡単だったが終り方も同じだった。

今年の夏の日課が一つ消え、もう一つも消えつつある。

太った女の部屋にもぼくは通わなくなった。あるいは通えなくなった。彼女の伯母が、姪の男出入りに干渉しだしたのである。といっても、もちろんぼくじしんが面と向って批難されるようなことはない。せいぜい、部屋にいるとき母屋からの電話で

（延々と鳴りつづける呼出し音で）いらいらさせられる程度である。自分が経験してきた男性関係に照らし合せて、保つべき節度をそのくらいの嫌がらせに置いているのだろう。しかし太った姪は、伯母の部屋で向い合ってきびしく咎《とが》められたそうである。毎日毎日、男が昼間から入りこんで夜帰って行くのだから、それも無理はない。伯母は、こんな状態ではあんたの両親に申し訳が立たないと通りいっぺんの文句を口にしたあとで、相手はどんな男か、いったい二人はどんな関係にあるのか、詰問した。姪はただうつ向いて答えなかった。ぼくに言わせればそれは責められる側にまわった人間のとる常套《じょうとう》手段である。しかし彼女は、そうじゃなくて、答えようにも答えられなかったのだと、泣きながらぼくに打ち明けた。

どういう関係かと問われたとき咄嗟に彼女の頭に浮んだのは、情婦、という言葉だったそうである。その言葉が浮んだとたんに、彼女はうつ向いたきり涙をこらえるばかりで何も答えられなくなったそうだ。ためしに情婦を辞書で引くと、いろおんな、とだけあった。いろというのは、たぶんベッドを中心にまわるつき合いを表わすのだろう。そう考えると、情婦という言葉くらいぼくに対する彼女の立場を端的に、しかも十分に説明するものは他にないような気がする。彼女と外で会っていたのは最初のうちだけで、それもバッティング・センターを別にすれば映画を見て食事をしたのが一度、ドライブも一度きり、あとはぜんぶ部屋のなかだ。ベッドのある部屋でぼくは彼女を待ち、彼女はそこへ現われる。それが二ヶ月の交際のすべてだ。

ぼくは彼女の言葉の選び方に感心した。その通りだと思った。いま考えてみると、ひょっとしたら彼女はちょうど週刊誌か何かで情婦という言葉を眼にしていて、それがふっと口にのぼったのかとも疑えるけれど。ともかく、彼女は今年の夏、ぼくの情婦だった。そういうことになる。そしてそうなると、彼女はぼくの情婦であることに我慢できない。伯母からの電話がベッドのそばで鳴るたびに、太った姪は自分の立場を思い出すらしかった。伯母に詰問されたときこらえた涙も、ぼくと一緒のときはこらえきれぬ様子だった。

ぼくは太った女の部屋に毎日通うことをやめた。一日おき、三日おきに通うのもしだいにやめた。ぼくが部屋を訪れることは、彼女を情婦の立場に追いこむ結果になってしまう。彼女は外で会いたがっている。一度きりの映画へ、ドライブへ、ふたたびぼくの足を向けたがっている。しかし、理由は考えないので判らないが、ぼくの気は進まない。

こうして、九月になり季節は変りつつあるが、ぼくはあいかわらずだ。あいかわらず母には定職につけとせっつかれ、あいかわらず生返事をしてその場をしのぎ、あいかわらず一人のときは机に向ってこんなものを書いている。書くことは、自分じしんをつきつめて考えることと離れている。むしろ逆ではないかという気がする。これを書いているときだけ、ぼくは考える辛《つら》さから逃れている。頭のなかの白い夏を忘れていられる。

まだ今年の夏は終ったわけではないが、ぼくの日課は一つ一つ失くなっている。ぼくの夏はうすれていく。日に日に、一人で自分の部屋にいる時間が増え、たまにポンコツをころがしてドライブに出かけても行き場所は決っていない。太った女から電話がかかることもあるが、その間隔もしだいに遠くなっていくようだ。かからなくなるのも、もうじきだろう。

次に最近の一日の典型を掲げて、この夏をしめくくる。

朝、八時に目が覚める。学習塾に行っていたときの名残りだろう。そう考えてもういちど眠る。十時、起き出して新聞を読む。隅から隅まで読み終るのが正午近く。歯をみがき、顔を洗い、朝食兼昼食をとる。コーヒー、トースト二枚、胡瓜《きゅうり》あるいはトマト。机に向って二杯めのコーヒーを飲みながら煙草をふかす。午後一時。ドライブに出かける気持のないときはベッドに寝ころがって本を読む。読みながらたいてい眠っている。三時。『ツルはなぜ一本足で眠るのか』をベッドに置いたままふたたび机に向う。机は窓際に寄せて置いてある。レースのカーテン越しに陽射しがまだ強い。煙草をくゆらせる。コーヒーをもう一杯いれる。寝汗をかいたシャツを替える。ドライブに行かないときはベッドに戻って本を読む。読みながら眠ってしまう。六時。パート帰りの母が近所の人と立ち話をしている声が聞こえる。洋服の布地の話とか、街灯の電球が切れているので取り替えてもらわなければという話とか、勤めの都合で隣県に一人住いしている父の話とか。七時。母と二人でテレビを見ながら夕食。トンカツ、みそ汁、野菜サラダ。風呂に入り、缶ビールを飲む。九時。ドライブする気がないときはベッドで読書。また眠っている。十一時。机に向う。レースのカーテンが夜の風でふくらむので窓を細めにして、扇風機を回す。缶ビールの残りを舐めながら書く。午前一時。夜食、インスタント・ラーメン、生卵入り。また机に向う。書く。灰皿が吸殻でいっぱいになる。書いたものを堅い表紙付きのホルダーにはさみ、本棚へ戻す。三時。ベッドに横になる。耳鳴りがすこしする。三時半。眠れない。四時。洗面所へ行って歯をみがく。ベッドに戻る。近所で飼われている鶏がときを告げる。耳鳴りはもう気にならない。四時半、を確かめて眼をつむる。これで眠れる。一日が終った。

車はゆるやかな坂道を下っていた。

桟橋《さんばし》まで降りて遊覧船に乗ろうと女が誘った。

「まだ早いかしら」

腕時計は九時四十六分に変ったところだ。

やがて別れ道を示す看板が見えてきた。速度をゆるめる。左へハンドルを切るとき女のゆがんだ顔が眼に入った。

細い道の両側に樹木が生い繁り、九月の陽をさえぎっている。徐行して入っていく。ほの暗い道の途中で、女が腕を押えた。

「やめてよ。こういうことだったのね。……ちょっと、止めてったら。どうかしてるんじゃないの?」

ブレーキを踏んだ。

「朝の十時なのよ」

車が止った。もう一度腕時計を見て、九時四十九分だと教える。女の掌《てのひら》が頰を打った。

「降ろして」

答えずに、打たれた頰をさすっていた。

「降ろしてよ。ひとりで行けばいいんだわ」

ひとりで行く場所じゃない。

「じゃあだれかほかのひとと行ってよ。あたしは、あたしは……情婦じゃないわ。はやく降ろして」

自分じゃ降りられないのか。

女が自分でドアを開け、外へ降りた。車の左側が急に軽くなり、浮き上がるような錯覚をおぼえる。女は泣いている。

開いた窓の位置まで顔を下げて、

「さよなら」

と言った。

「もう電話しないわ。ぜったい、二度と電話なんかかけないから」

送っていくから乗れと勧めても、女は断った。

リバース・ギアに入れる。アクセルを踏み、ほの暗い道をゆっくり後退する。ショルダー・バッグの紐を片手で握り、もう一方の手で眼を拭っている女から少しずつ離れていく。

明るい陽射しの道に戻ると、女の方は見なかった。声も聞こえなかった。ずいぶん遠くで蟬が泣いている。ゆるやかな坂道を下りながら、残りの暑さを思った。

片恋

街の人口は約三十万、日本列島の西の端に位置する。とりたてて変った点はない。全国にいくらでもある地方都市の一つだろう。人口にみあった駅があり、商店街があり、様々な業種の支局があり、銀行があり学校があり公園があり野球場がある。納税者の数からすると首をかしげたくなるような立派な建物の市役所も、その皺《しわ》寄《よ》せをくったに違いない貧相な木造の図書館もある。それからもちろん東京の建築家の設計による、人々が場所だけを知っていて中の様子にくわしくない美術館も、ここ数年のうちに見分けのつきにくいビルとビルとの間へ忽然《こつぜん》と現われて付近の道案内の際に一役かっている。

隣県の似たような地方都市との違いをあえて探すなら、港や、競輪場や、自衛隊の駐屯地や、米軍の基地に注目することができるかもしれない。けれどもそれらのうち一つが街の雰囲気、あるいは人々の気質に深く関《かかわ》っているわけでは決してない。たとえば、米国の空母が入港した日にも島へ渡る連絡船は定刻通り出発し、競輪場はいつもと変らぬ数の人で埋り、休暇の自衛隊員は恋人と映画を見てパチンコを楽しむという具合に。同じ日の夜、ある酒場では競輪場開設以来の大穴が出たことが話題の中心を占めて朝までどんちゃん騒ぎが続き、その隣の店では自衛隊員の転勤のために別れの会が催されしんみりしていたのが途中から乱れて一人のホステスをめぐる喧嘩《けんか》が起り、またあるバーではアメリカ人の水兵たちがカウンター席に陣取り上陸して最初に覚えた日本語を口にしてママを苦笑させ、奥のテーブルでは造船所の職工がそれと同じ意味の言葉を手をかえ品をかえ用いてめあての女の子を口説いている、という具合に。だから何らかの思惑を持った人間でないかぎり、この街を一つの特色で塗りつぶすようなまねはしない。訊《き》かれればまず人口を、次に地図を、そしてやはり日本中どこにでもある地方都市だと答えざるを得ないだろう。街がいちばんのにぎわいをみせるのは、年の暮から正月の三ヶ日である。大都市で働いたり勉強したりしている人々がこぞって帰郷するからだ。二番めににぎわうのは、同様の理由から八月の旧盆である。その他の月は一年中、ゆるやかな不景気風に吹かれている。

しかしやはり、これは小説家としてのぼくが描くアウトラインだといっていい。街にはいろんな職業の、年齢層の、考え方の人々がいて、とうぜん彼らなりの言葉つきもある。どこにでもある街というテーマは同じでも、それぞれの立場から、異なった表現での概要が聞けるだろう。知り合いの十九歳の女の子は一言でしめくくった。たぶん、ぼくが立っている場所からそれほど遠くないところに彼女はいると思うのだが、

「こんな街、だいきらい」

というのが口癖なのである。

繁華街の一角に「いちごみるく」という名前の喫茶店があって、三日に一度は散歩がてら出かけることにしている。名前の意味はよく知らないけれど、何やら甘ったるそうで酒呑《さけの》みのぼくの趣味ではない。店のなかは壁もテーブルもカウンターも椅子もソフトクリームの白に統一されていて、これもあまりいただけない。客層は若い、というよりも若すぎる。従業員の寡黙な少年は、行くたびに違う柄のシャツを着ていて感心させられるだけだ。三日に一度も通いつめる理由はなさそうだが、一つだけ、店の女主人が高校時代の同級生である。そのことが判《わか》った日から、「いちごみるく」通いは始まった。

ぼくの一日はだいたい正午過ぎに目覚めて、寝床で朝刊を開き前夜のプロ野球の結果を確かめるところから始まる。夜は都合でテレビが見られないからどうしてもそうなる。それからやっとパジャマを着替え、一時間ほど眠けざましのコーヒーとラジオと新聞の残りの面とでウォーミング・アップをすませたあと、二時間を小説書きに打ちこみ、背伸びをして、散歩を兼ねた遅い昼食あるいは遅すぎる朝食に出かけるのが習慣である。

その日も午後四時頃、行きつけの店で食事（コーヒーとホットドッグ二つとコーヒーもう一杯）をとりながら週刊誌の頁《ページ》を三冊分ほどめくり、外へ出て、ひと月前に買い換えたばかりの自転車で書店へ向った。直線にすれば百メートルほどの距離である。文庫と新刊の棚をひと通り見渡し、自分の本がおとつい覗《のぞ》いたときから一冊も売れていないのを確認して、また自転車に乗った。それから唇と胃があれていることを思い出して（飲みすぎなのである）、女性週刊誌の広告で見たリップクリームといつも使っている胃散を買うために薬局へ寄った。ところが薬局のそばには自転車を止める場所がない。ぼくの自転車は、フレームもハンドルもスポークもステンレス鋼で出来ていて、そのぶん非常に軽く、そのぶん値段が張り、軽さの利点を強調するために前照灯もスタンドも付けていない。だから夜になると走れないし、立てかける物がないと駐車できないのである。行きつけの喫茶店の場合は、看板代りにコーヒーミルの拡大模型が表にいつも置いてあって、そのハンドルの部分にワイヤー錠を巻きつけて自転車をつなぐことができる。本屋の場合はすぐ横の路地の壁を鉄管が這《は》っていて、同じような作業で止められる。しかし薬局の前には適当なものが何もないし、すぐ横に路地もない。しようがないから二十メートルほど自転車を押して行き、駐車禁止の立て札をささえているパイプにワイヤー錠を巻くことになる。

車体をなんとかパイプに寄り添わせて立てかけ、錠の四つのダイヤルを回して止めることに熱中しているところへ、ぼくの姓を君づけで呼ぶ声が聞こえた。振り向くと、女がひとり立っていて、洗濯屋の透明なビニール袋に入った洋服を片手に何枚もぶらさげている。自転車がバランスを失って倒れかけるのをあわててくい止めた。

「なにしてるの？」

と女の声が背中で訊《たず》ね、ぼくが背中で答えた。

「自転車を止めてるんだ。市丸《いちまる》、悪いけどちょっとハンドルをささえてくれないか、錠をかけるから」

じつはこれが市丸博子《ひろこ》とぼくとの、すなわち互いに三十一歳をむかえた男女における、高校卒業以来の再会の瞬間である。かつてのクラスメイトがまた訊ねた。

「こんなとこに止めてどうするのよ」

「買物」

「買物って、何を」

ぼくは生れつきの性格で几帳面《きちょうめん》に答えた。

「メンソレータムのリップクリームと太田胃散」

「うちは薬局じゃないわよ」

「うちってどこだ」

「どこで買物するの」

「だから薬局で……」

「薬局はもっと先じゃない」

「わかってるよそんなこと。わかってるけど、おい、ハンドル揺らすな」

「片手がふさがってるのよ、見りゃわかるでしょ」

「……ＯＫ」

「もういいの？」

「うん」

ぼくが腰を上げると、女はハンドルから手をはなしてやっと微笑《ほほえ》んだ。

自転車は倒れない。ぼくも笑顔で挨拶を返した。

「久しぶりね」

「しばらく」

「ほんとうに、十何年ぶりじゃない」

「十三年くらいか」

「変らないわねえ」

「お互いにね」

「あら、嘘《うそ》よ、ほんとはずいぶん太ったって言いたいんでしょ」

「そう言われて見れば……」

「ちょっと寄ってきなさい」

「どこに？」

「ここ」

女は片手に持った洗濯物を肩にまわして、顎《あご》を突きだした。ソフトクリームいろの扉の上に同じいろのアーチ型の看板がかかっていて、口紅のような赤い文字で店名が描いてある。ぼくはその名前をいちど舌の上にのせ、ちょっと顔をしかめた。

「あたしのお店」

「……ほう」

「ねえ、寄ってきなさいよ。仕事中？……でもなさそうね」

「じゃあ買物をすませてから」

「そんなもの後でいいじゃない」

「昏があれてるんだ」

「誰も気にしやしないわよ」

「でも胃腸薬だけでも先に買っといた方が」

「なに馬鹿なこと言ってるの、いいから来なさい」

こんなふうにして、途中まで市丸博子に手を引っぱられながら、初めてぼくは「いちごみるく」の客になった。

二度めはそれから三日ほどおいた午後である。本を四冊抱え、こんどは自分の手で扉を押したのだ。

タートル・ネックのセーターにジーンズ姿の女主人は、自らコーヒーを沸してくれたあと、カウンターを出てぼくの隣に腰かけた。

「どれどれ」

と呟《つぶや》きながら椅子ごと動き、肩が触れ合うほど身を近づけるので少々居心地がわるい。従業員の痩《や》せた少年はボックス席の客の注文をこしらえている最中だから気にしなくていいけれど、カウンター席に客が一人、先日も見かけた女の子が今日も同じいちばん端にすわってこちらへ大きな眼《め》を細めている。近眼なのか、そうやって見知らぬ人間をながめるのが癖なのだろう。

「立派な本じゃないの」

「サインもしてある」

「これがそう？」

「そうだけど」

「名前が書いてあるだけじゃない」

「……………？」

と妙な受け応えにゆっくり首をひねる暇も与えず、昔の同級生は早口で、

「まあサインなんかどうでもいいわ、あなたが書いたってことははっきりしてるんだから、とにかく読んでみるわよ、何か言うのはそれから、どうもありがとう」

礼を述べ、まるで著書を友人へではなく生原稿を編集者へ渡したときのような気分をぼくに味わわせると、腰を浮かして端の女の子に呼びかけた。

「まちこちゃん。ほら、この人がこないだ話してた、小説を書いてる……」

返事はなかった。眼が合って、顎の先がほんの心もち下へうごいたような気がしたけれど、挨拶のつもりかもしれない。

「こっちへいらっしゃいよ。いいでしょ？　あの子、本が好きなの」

「どうぞ」

ぼくは右隣の椅子の背に触って言った。十五歳を超えた性的関係のない女性に対して、たいていの男がそうであるようにぼくもすこぶる親切である。女の子は大儀そうに椅子を引いて立ち上がり、黒い布袋を肩にかけて片手で押え、もう一方で飲み物のグラスを持って席を移した。

「こんにちは」

とまずこちらが声に出して言い、そして相手が無言でさっきよりもほんの少し深め

に顎を下げてみせる。やはり挨拶なのだ。彼女が右隣にすわると、左隣の元同級生が資料を棒読みするように告げた。

「斎藤《さいとう》まちこさん、十九歳、乙女座のAB型」

……この手の紹介を聞かされるたびに必ず、遠い記憶の底から感傷的な部分が泡のようにわいてくる。いつものようにそう感じたとき、店の扉が開いて二人連れの客が入ってきた。

「いらっしゃいませ」

「ぼくと同じだ」

「そうでしょう？」

と市丸博子は笑ってから席を立ち、注文を聞くためにカウンターの内側へ戻る。女の尻の形を眼の端にとらえ、高校時代のひだスカートに包まれていたのはもっと小ぶりだったわけかと不確かな回想にふけり、もう一つ、それとは別のことでやはり曖昧《あいまい》にしか思い出せないもどかしさを味わっていると、右隣の声がぼそりと訊ねた。

「なにが」

「……うん？」

「なにがぼくと同じ？」

「ああ、星座と血液型。年はひと回りほど違うけど」

「へえ」

と、つまらなそうに彼女は呟いただけで口を閉ざし、両手は膝のうえに行儀よく重ねて置いたまま、グラスに顔を近づけてストローをくわえた。唇にはお金のかかる色は塗られていないし、ひび割れがめだつ。ぼくは自分の唇を上下とも舐《な》めてから質問を思いついた。

「まちこって、どう書く？」

左手の指先で、やわらかく色のうすい髪を耳の後ろへ撫《な》でつけ、ぼくの顔をはすに見上げて彼女は答えた。

「ひらがな」

ぼくは視線をはずし、咳払《せきばら》いをして、気をとりなおした。

「妙なもの飲んでるね」

「これ？」

「季節感がない」

「冬にアイスココア飲んじゃだめなの？」

斎藤まちこ嬢はからだを起して椅子の背に寄りかかり、ストローを指で軽く弾《はじ》いた。

それでようやくぼくは、彼女が飲んでいるのはミルク入りのアイスコーヒーではないと判った。

「そんなことはないけど」

「なに」

「ちょっと変ってるなと思う」

二人はしばらく顔を見合せ、十九歳が先に、それから三十一歳も自分の飲み物に視線を落す。女の子の顔は頰のあたりがふっくらしていて、お金のかかるものは口紅にかぎらず塗られてはいない。眼はくっきりした二重で、大きくて、アーモンド形をしている。やや眼尻が下がっているから笑えば愛敬《あいきょう》がありそうだが、そうでなければ眠たげである。鼻の形はそれだけ見ればきれいだけれど、どちらかといえば男性的に線がきつく、下ぶくれの顔には不釣合の感じもする。嗄《しやが》れ気味の声がまたぼそりと問いかけた。

「小説家っていろんなとこへ旅行するんでしょ」

「ぼくはしない」

「どうして？」

ぼくはできるだけ誠実な答を考えるために、時間をかけてコーヒーを一口すすった。しかし相手は待ってくれなかった。

「こんな退屈な街、だいきらい」

という彼女の呟き声を聞いて、ふたたびぼくの頭の隅で時間は過去へ向って流れはじめる。

「……どこかへ行きたい?」

ストローをくわえたまま女はうなずいた。

「どこへ」

「どこでもいい」

「どこへでも行けばいい」

「お金がないもの」

「稼げばいい」

「仕事がないもの」

テンポだけあって情緒に欠ける会話はおそらく男の側の責任である。ぼくは後をつづける気力をすでに失《な》くしかけた。斎藤まちこ嬢が、カウンターの上に重ねて置いてある本を、まるで泊り客がホテルに備え付けの聖書でも眺めるような無関心さで見て言った。

「小説ってどう書くの?」

「どうって……」

「一日じゅう部屋にいる?」

「まあね。書いてるときはね」

「ずっと？」

「昼間に二時間書いて、休憩。また夜に二時間書く、休憩。深夜にもう二時間。それが理想なんだ。集中力を保てるのは二時間が限度だって言うから。でも昼間は電話がかかったり本を読んだりして書けないときがあるし、夜はたいてい酒を飲みに出かけるし、深夜はバーの女の子を口説いてる」

「そうなの」

と顎を上下させ相づちを打つだけで、笑ってはくれない。

「きみは毎日なにしてる」

「なにも」

「十九なら高校はもう卒業してるよね」

「ねえ、夏と冬とどっちが好き？」

「どっちもあまり好きじゃない」

「どうして」

どうしてか、ぼくが理由を文章に組み立てる間に彼女は質問を変えた。

「恋人いるの？」

「いない」

「口説いてるって言ったくせに」

「口説くのと口説き落すのとは違う」

「何て言って口説くの」

「あなたがお望みなら、ぼくは明日にでもペンを折ります」

一拍置いたあとで、女の子は鼻を鳴らして、

「やだ……」

ほんのちょっと笑顔になった。思った通り愛敬がある。ぼくはバルザックのラブレターを紹介した伝記作者に感謝の念を少し抱いた。しかし残念ながら、彼女は笑い終るとじきに、また眠たげな眼の下ぶくれの素顔に戻って訊いた。

「何時？」

腕時計を見て教えた。

「いかなくちゃ」

「自転車で送ろうか」

「え……？」

「冗談だよ」

すると彼女は椅子を引き、黒い布袋の紐《ひも》を肩にまわしながらひとこと、くだらない、と感想を述べた。

斎藤まちこ嬢が出ていったあと、考え事をしながらぬるくなったコーヒーを飲んだ。飲み終り、頬杖《ほおづえ》が痛くなったころ、やっと昔のクラスメイトがぼくの前に立った。

「何をぼんやり考えてるの」

「彼女ほんとに本が好きなのか？」

市丸博子はカウンターの端っこへ視線を投げてから答えた。

「よく一人で文庫本を読んでるわよ」

「ぼくの小説は手にも取らなかった」

「てれてるのよ。本人が眼の前にいたから」

「どこに行った？」

「自動車学校」

「何しに」

「免許を取るために通ってるのよ、決ってるじゃない」女は途中から口調を改めた。「うちの婆《ばあ》さんみたいにいちいち訊くな、どこ行くの、何するの、誰と……」

「………？」

「忘れちゃった？」

訊ねながら、市丸博子はマッチを擦る。ぼくは右手に握っていたライターを放し、彼女の手のひらに顔を近づけた。

「……ありがとう。憶《おぼ》えてるよ」

吹き消したマッチの軸をカウンターの上の赤い灰皿に捨てて、市丸博子が言った。

「あたしの記憶では、物書きの才能があったのは小林《こばやし》君の方ね」

「ぼくの記憶でもそうだ。だから新聞記者になれた」

「あたしたちを皮肉ったように記事を書いてるかしら」

「どうかな」

「連絡はあるんでしょ？」

「毎年、正月の三日ごろ年賀状が届く」

「それだけ？」

煙草《たばこ》を琺瑯《ほうろう》びきの灰皿の縁で叩《たた》いたが、灰は一かけらも落ちず、煙草の先は燃えてもいなかった。市丸博子がもういちどマッチに手を伸す。しかしぼくはかぶりを振って、長いままのハイライトを灰皿に捨て、いちばん楽な姿勢をとった。

「何をぼんやり考えてるの」

「高校時代からの口癖だな、それは」

「そうだったかしら」

「彼女はこの街を出たいと言ってた。退屈で死にそうなんだって」

「そうやって机の上に頬杖をつくのが癖だったわね。誰のこと考えてるか当てましょうか？」

「………」

市丸博子が平べったいマッチ箱をいじりながら呟いた。

「似てるでしょ、感じが」

「ちょっとね」

「なにがちょっとね、よ。まちこちゃんが隣にすわったら赤くなってたくせに」

頬杖をはずして椅子の上ですわりなおした。

「連絡がある？」

「ぜんぜん。年賀状も届かないわ」

「じゃあ何もわからないのか」

「わかるわよ。だって有名な病院の奥様だもの。野々宮《ののみや》外科、裁判所の裏手にあるでしょう、お城みたいな建物が。娘と息子が一人ずついて、車が外国のと日本のと二台ずつあって、犬を五匹も六匹も飼ってて……ほんとに何も知らない？」

「知らなかった」

「……そう」

と、十三年前の同級生は何かあてがはずれたような眼つきでぼくを眺めてから、また笑顔をとりもどした。

「よくそれで小説が書けるわね」

「夜の街のことならちょっとうるさいんだけど」

「昼間のゴシップの方がずっと面白いんじゃない？」

ぼくはしばらく考え、空《から》のカップを女主人の方へ押しやった。

「もう一杯もらおうかな」

「高野《たかの》さんの噂《うわさ》ならそれ以上は知らないわよ」

「旦那は野々宮外科の長男かい」

「ウインナ・コーヒーと苺《いちご》のケーキのセットにしなさい」

「ケーキはきみにおごる」

しかし市丸博子から聞き出せた話のなかに、夜の街のゴシップよりも面白いものは一つもなかった。少なくとも、バーの女の子が店を変った事情やママの男出入りの話以上に、興味を引くものはなかった。

高野悠子《ゆうこ》は博多《はかた》にある短大の英文科を卒業するとすぐに、この街に戻って家事手伝いの、それとも花嫁修業の生活に入った。勤める必要のない裕福な家庭の娘は、二十代の前半をこの街で遊んだり習い事をしたりして過したのである。遊び方は派手で、習い事にはあまり熱心ではなかったという証言もある。病院の一人息子との縁談を男の体格を気にしてはじめは渋ったという噂も伝っている。が、この種の話は夜の街のロマンスと同じように掃いて捨てるほどあるだろう。ともかく、三十歳を過ぎたいまでは実家の倍くらい裕福な家庭の嫁であり、二人の子供の母親として落ち着いているらしい。その点だけはいくらか確かな情報である。

「退屈だな」

と聞き終ってぼくは言った。

「眠くなりそうだ」

すると彼女はぼくの顔を覗きこむように首を傾けた。

「もっと小説のネタになりそうな話がほしい？」

「きみじしんの？」

女は視線をはずし、ゆっくりかぶりを振る。「十代の少年と少女の話」

「きみもやっぱり短大へ行ったんだっけ」

「東京」

「むかし十代の彼女が、こんな街では暮したくないと言うのを聞いたことがある」

「…………」

「さっきも十三年ぶりで同じ文句を聞かされた」

「あれはいつも言ってるのよ。でも無理ね、両親が手離さない、一人っ子だから」

ぼくはそこで吐息を洩《も》らし、カウンターの上に両手をついて腰をあげた。

「あたしの話、聞かないの？」

「こんどにする。いくらだい？」

「千二百円。ねえ、高野さんがそう言ったのはあのときよね？」

ぼくは釣銭をジャンパーのポケットにしまいながらうなずいた。彼女もぼくと同様に些細《ささい》なことを記憶にとどめているのである。

「きみが風邪をひいて早退《はやび》けしたときだ」

「違うわ、早退けなんかしないわよ。放課後だったのよ」

「……そうだったかな」

「そうよ」

カウンターの向うで市丸博子が眼を狭ばめ、ひととき思い出にふけった。どちらにしても、ぼくがあのときも少女の話相手としてふさわしくなかったことは間違いない。女はやがて二度三度とうなずき、腕組をし微笑んでみせた。

「またゆっくり思い出しましょう」

五年前の出来事が、ずいぶん遠い昔に感じられます。それは単に月日が流れただけではなくて、ぼくじしんのなかに何か大きな変化が起ったせいでそう感じているのかもしれない。あるいは、本当は何も変らないのかもしれないけれど、十八歳の高校生だった自分をいまのぼくは、まるで他人のアルバムを開くときのように冷静な眼で眺めているのです。

少年は級友たちがごくあたり前の知識として持っている事柄に気づくまでに、しばしば大幅に時間をくうことがあった。彼はシェークスピアやバルザックの作品に関する知識では誰にもひけをとらなかったけれど、たとえば、街の娼婦《しょうふ》が深夜どのあたりに立っているのかという点になるとお手あげだった。高校三年になるまでそれを知らなかったのは、クラスの男子生徒のなかでは彼一人である。それからたとえば同級生のTが三姉妹の末っ子であり、二人の姉も同じ高校の卒業生でともに美人の評判が高かったという話を最後に知ったのが彼である。放課後どこへ行けばうまいお好み焼が食べられ、どの喫茶店へ入れば学生服のままで煙草を喫《す》えるか後輩に教えられない上級生がいたとすればそれも彼のことである。女性との口のきき方や、彼女の手に触れるきっかけを、卒業するまで知らなかったのは彼だと認めてもいい。

少年はおそらく実際的な性格に欠けていたのです。ほとんどの十八歳が自分の身体《からだ》で経験する出来事を、彼は耳で体験した。彼らは外で行動し、彼は部屋の中にすわっていた。イアーゴーはハンカチを盗む。オセローは妻を殺す。やがてヴェニス大公はサイプラス島の悲劇を使者の報告によって知るだろう。彼は級友たちが話し始めるのを待たなければなりませんでした。

あるとき、クラスメイトの一人が机の中に自分の物ではない一冊のノートを発見しました。頁をめくってみると、数学の問題が二つ三つ書いてあるだけで解かれてはいない。それがリーダー格のKの手に渡り、集まったみんなは面白がって口々に、

「答を書いてやれ」

「解けるのか？」

「だいじょうぶだよな」

「あしたの朝が楽しみだ」

「ありがとうって御礼が届くかもしれないぞ」

「可愛《かわい》かったりして」

「そうじゃなかったら責任とれよ」

などと喋《しゃべ》っているけれど、彼にはよく事情が呑みこめなかった。ひとりで首をひねったあげくに、しびれをきらして隣にいた男に訊ねると、その声が全員の耳に届いてKを取り巻いた輪が一瞬、黙り込んだ。

「……おいおい」

「あきれたやっちゃな」

「本気だぜ、こいつ」

「教えてやれよ」

「おまえ三年間どこを見てたんだ？」

また一つ級友たちへの遅れが明らかになったわけです。彼はKの説明をしんじつ驚きながら聞き、しばらくしてやっと納得がいきました。彼が通っている高校には、全日制と別に定時制の夜間部があった。昼間は男女共学の普通校で、夕方からは女子高になる。つまり同じ校舎、同じ教室を使って別の時間帯に二つの高校教育がおこなわれていたのだが、そのことを彼は知らされていなかったのです。言うまでもなくノートは夜間部の女生徒の忘れ物だった。翌朝、机の中にこんどは一枚の紙切れが入っていて、「余計なお世話」と一言だけ記してあるのが見つかった。ふたたびKの席を中心に輪ができて返事が書き加えられる。教室の机を中継したメッセージのやりとりは、どちらかが飽きて応答をよすまで、二週間ほど続くことになった。

そんな出来事が頭から離れないうちに、彼はある朝、自分の机の中に同じようなノートが入っているのに気づいたのです。しかしそれには数学の問題は提出されていなかった。代りに頁を埋めていたのは幾つかの詩、あるいはその断片だった。教科書で眼にしたことのある有名な詩もあるし、知らないものもある。後の方の一つを何度も読み返し、口の中で呟いていた。隣の席の女生徒に声をかけられるまで。

そんなに凝視《みつ》めるな　わかい友
自然が与へる暗示は
いかにそれが光耀にみちてゐようとも
凝視めるふかい瞳にはつひに悲しみだ
鳥の飛翔の跡を天空《そら》にさがすな
夕陽と朝陽のなかに立ちどまるな
手にふるる野花はそれを摘み
花とみづからをささへつつ歩みを運べ

「また頬杖をついてる」

とIが言った。

「なにぼんやり考えてるの」

彼はあわててノートを閉じ、机のなかに放り込んだ。

「隠さなくてもいいでしょ」

「うるさいなあ」

「ねえ、いまのノートは何なの？」

「知らない」

「女の人の字だったわ」

「うるさいんだよ」

　後ろの席からKが肩をこづいた。

「どうかしたか？」

　彼は振り向かずに答えた。

「なんでもない」

「毎朝、思うんだけどな、おまえとIの会話は夫婦喧嘩みたいに聞こえる」

　それを聞くと彼は舌打ちをし、Iは唇をぎゅっと結んで窓の外へ顔を向けた。正門のそばで、濃く色づいた桜の葉が数えられる程度に枝を飾っている。紺のセーターに灰いろの背広を着こんだ担任の教師がいつものように軽い足どりで現われて、教卓の上に出欠簿を置き、おはようみなさん、と英語の挨拶をした。応える声はまとまらず、しかもまばらだった。高校三年の冬、朝八時三十分に登校することは、受験勉強やその他の理由で夜ふかしに慣れた最上級生にとっては困難になっていた時期でした。中年の英語教師は言葉づかいも人あたりも優しく、生徒の不始末を叱るよりも彼らの長所を認めることを得意とするタイプの教育者だったから、クラスに遅刻や早退は絶えなかった。

その朝、十五分間のホームルームが終って教師がいったん姿を消すと、Kがもういちど肩をこづいて言った。

「ちょっとつきあえ」

「……屋上か？」

と彼は窓際の席のIを気にして囁《ささや》き声で訊ねた。当時、学校で煙草を喫うときは屋上と決っていたし、Iの知りたがりには男子生徒のほとんどが手を焼いていたのである。彼女の顔だちの良さをKは認めたけれど、好奇心をけむたがった。そして誰もがKの行動力や観察眼を認めていたから、Iを冗談の種に用いる男子生徒はいてもデイトに誘える男はいなかった。

「朝飯がまだなんだ」とKが答えた。「外にうどんでも食いに行こう」

「二人でか？」

「ああ」

彼はあとでKに相談するつもりで、机の中に手をもぐりこませノートをつかんだ。Iの顎の先が彼の方へ少しずつ向きを変えるのがわかった。そのときKの声が皮肉っぽく言った。

「聞いてただろ？　誰と誰がどこへなにしに行くか、教えなくてもわかってるよな？」

三度めにぼくが「いちごみるく」に立ち寄ったときも、斎藤まちこ嬢はカウンターの右端の椅子にすわってアイスココアを飲んでいた。女主人の方はボックス席で、知らない客と向い合って話しこんでいる。ぼくは端から三番めの椅子に腰かけた。二番めにはいつもの黒い布袋が置いてあった。

「こんにちは」

とまた先に挨拶してみたけれど、彼女はあいかわらず顎をほんのすこし下げてみせるだけで、ひとつ長いためいきをつくと、カウンターに両手を重ねてその上に顔を伏せてしまう。

「どうした？」

とうろたえ気味に訊ねても、二三べん咳込んでうながしてもいっこうに返事はない。しかたがないのでコーヒーと卵焼のサンドイッチを寡黙なシャツ持ちの少年に注文し、女主人の手がすくのを待つことにした。味気ない朝食兼昼食を終えて、うすめのコーヒーをもう一杯頼んだころに、市丸博子はカウンターの内側へ戻りぼくの前に立った。

「お久しぶり」

「スナックのママみたいに言うなよ」

「仕事、はかどった？」

と女はぼくの皮肉に少しも動じずにこやかに、右手を上げて宙に書くまねをする。こちらは一度むっつりうなずいてから、隣を眼で示した。

「何かあったのかい」

「自動車学校の検定試験」

「……そうか」

「五回連続なの」

この説明に斎藤まちこ嬢はやっと顔を上げ、はれぼったい眼で女主人を見て訂正した。

「嘘、四回め」

「そう？」

「こないだのときは試験の前に気分が悪くなって帰ってきたんだから」

「運動神経ないんじゃないの？」

「ぼくは一回で通ったな」

「免許持ってる？」

と、やや生気のある声と眼付になって、女の子がぼくを振り向いた。

「持ってるさ」

正面に立っている女が言った。

「乗るのは自転車だけかと思った」

右側がせがんだ。

「ねえ、どこかドライブに連れてって」

ぼくは辛《つら》い気持で若い方に答えた。

「車がないよ」

「レンタカーでいい」

「実はもう何年もハンドルを握ってないんだ」

「……なんだ」

と、とたんにうなだれてアイスココアのストローをつまむ。しかし口に含もうとはせず、ほとんど溶けてしまった氷を気がなさそうにかきまぜて放すと、椅子の背にもたれて声をあげた。

「ああ、もう……」

「ん……？」

「退屈だって言うわよ」

「たいくつだあ」

と三十一歳の予想通りを十九歳が口にして、横の男を寂しがらせる。

「帰ろかなって言うわよ」

その前にぼくが誘った。

「映画にでも行こうか」

「見たくない」

「ボーリング」

「疲れる」

「パチンコは？」

「…………」

そしてもうどこへも誘えない。たぶんぼくがうまく誘えるのは夜だけだ。アルコールの力を借りて、カウンター越しに女の子に言い寄り、たまの成功を勝ち得るだけである。ぼくは昼間、明るいうちの女の子の喜ばせ方を知らない。

斎藤まちこ嬢が布袋を肩にかけ深い吐息とともに店を出て行ったあと、冷めてしまった二杯めのカップを口へ運びまた苦さだけを味わうことになった。その様子を見て、自分用にコーヒーをたてながら女主人がなぐさめてくれた。

「ああいうタイプは似合わないのよ。若すぎるし、ふりまわされるだけよ」

「……わかってるさ」

市丸博子は、片手に持った大ぶりの陶器のカップをわずかに上げてみせると、微笑んだ。

「でも、好きなんでしょ」

「どうかな。ただ、女の子の笑う顔を見るのが楽しいだけで……」

しかしそう呟いたあと、カウンターをはさんで向い合ったかつての同級生に対し、ぼくは素直な気持で一つうなずいていた。

「やっぱり、あのときと似ているかもしれない」

「思い出せる？」

十三年前を振り返り、もう一度うなずいた。

「しかしあれは放課後じゃなくて、やっぱりぼくもきみも早退けしたんだ」

「放課後よ。学校の帰りに公園を通りかかってあなたと高野さんを見たのよ。それが……」

「きみは風邪をひいてマスクをしてた」

「ちがうわ、風邪なんかひいてません」

「記憶だとそうなんだけどな」

「あなたの創作じゃないの？」

「……創作ね」

「仕事が片づいたのなら、そろそろあたしの話につきあう？」

「まだ片づいたわけじゃないよ。長篇《ちょうへん》の書き下しが一区切りついただけだ」

「たいへんなのね」

小さなためいきとともにそう言うと、三十一歳の市丸博子は女子高生のような悪戯《いたずら》っぽい眼になってコーヒーをすすった。


気に入った詩の感想でも書いておけというのがKの、あまり気乗りがしない様子の指示でした。しかし彼は従わなかった。彼が実際にしたのは気に入った詩を暗記することだけで、ノートには手をつけず、もとへ戻しておいて翌朝には消えてしまうのを待ったのです。ところが、一日たってもノートは持主の手に帰らなかったし、別にメッセージが書き加えられた形跡もない。前日の朝と同じように、机の中をさぐった彼の手は、おそらくそこで一晩中眠っていた冷たい表紙に触れたのです。すぐにIが見《み》咎《とが》めた。

「なにをびっくりしてるの？」

「…………」

「そのノート、どうしたのよ」

「ひとの机をのぞくなよな」

「失礼ねえ、のぞかないわよ」

「じゃあなんでノートが入ってるとわかるんだ」

「ちらっと見えたの」

「見えるかよ、ちらっとこれが。奥に入ってるんだぞ」

「K君お休みかしら」

「遅刻だろ」

「Tさんもまだみたいだけど」

「……だからなんだよ？」

「べつに」

　Kは二時間めの授業が終った頃になって登校してきました。が、ノートのことをいくら言っても、とりあってくれなかった。彼はもう一日そのままにして待ち、様子を見ることしかできない。思いもかけぬ電話がかかったのはその晩だった。

　彼は二階の自分の部屋でウイスキーを飲み、『従妹《いとこ》ベット』を開いていた。あるいはその小説は読みさしたまま、すでにベッドの上に伏せてあったかもしれない。そのころ彼は毎晩のようにウイスキーを飲んでいました。めざす大学があるわけではないから受験勉強とは縁がなかった。酒がうまいわけでもなかった。ただ他に酔う方法を知らなかったのだと思う。一緒に暮していた祖母も母も妹も、彼の飲酒と喫煙についてうるさく言うのはずいぶん以前から諦《あきら》めていた。父親は一年前に交通事故で亡くなっていました。

　いきなり扉が叩かれ、妹の声が女の人から電話だとどなる。それがいつまでも続くので、グラスを床の上に置き、煙草を消してしぶしぶ腰をあげた。階段を降りていって受話器をとると、電話の声はまずこう言いました。

——いまの妹さん？

——……うん。

——中学生？

——…………。

——ごめんなさい夜おそく。ほんとはいままで迷ってたの。そんなに大切なノートでもないし、相手にならないで放っておこうとも思ったんだけど、でも退屈だから、いちおう質問に答えてあげる。

——質問に……？

——ええ、そばに書くものある？

　彼は備え付けのメモ用紙とボールペンを見て答えた。

——……あるけど。

——じゃあ始めます。誕生日は八月三十日。乙女座。血液型はＡＢで、趣味は……

——ちょっと待って、たん生日のたんて漢字が思い出せない。

——ゴンベンに延長の延。

——……ああ、そう、わかった。ぼくと同じだ。

——はい？

——星座と血液型。

——つづけていいかしら。

——どうぞ。

——趣味は読書、小説よりも詩を読むのが好き。あとはモーツァルトのレコード。好きないろは白。お花はカーネーション。

——白いカーネーション？

——どっちでも、それから最後の質問は……イエス。

——イエスって、ＹＥＳ・ＮＯのイエス？

——そう。質問や待ち合せや、ずいぶんまわりくどいと思ったけど、手紙はとてもおもしろく読ませてもらったわ。ただＫ君に頼んだりしないで直接、渡してくれればもっとよかったのに。

——………。

——じゃあ明日。おやすみなさい。

——あの……。

しかし電話はそこで切れていました。彼は開きかけた口を閉ざし、受話器を置くとメモ用紙を破り取った。部屋に戻って質問の答を何べんも読み返しながら、いつもより多めにウイスキーを飲んだ。そうしなければ、翌朝七時半まで眠ることはできそうになかったからです。

あくる日、教室でKの顔を見るなり彼は訊ねました。もちろんIの耳をはばかって囁き声で。

「ひとの名前で手紙を書いて、誰に渡した」

すると登校してきたばかりのKは、鞄《かばん》を机の上に放り出して、

「Tから電話があったか」

とあっさり訊き返します。前の晩、酔いのまわった頭を働かせて予想はつけていたものの、やはり実際にその答を聞くと、彼の胸は見えない手でわしづかみにされたように痛みが走り、声は詰る。

「……ゆうべ」

とだけ言って咳払いでごまかした。Kはいかにも重そうに椅子を引き、腰かけて、鞄を机の脇に落す。

「それで？」

教壇に近い席を振り返ったけれどTの姿はまだ見えない。彼はメモ用紙を持ったまま、背もたれを前に椅子に跨《また》がり、机をはさんでKと向い合った。

「最後の質問はイエス……最後の質問て何だ」

「いちど二人きりで会って話したいと書いたんだよ」

「いつ」

「今日の午後」

「いつ書いた」

「おとつい」

「どんなふうに」

Kは眠気を払うかのように、天井を見上げ両方の指先で眼頭を押えた。

「万年筆と便箋を貸せよ、教えてやるから」

「宿酔《ふつかよ》いか？」

「寝呆《べぼ》けたこと言うな。一時間めは世界史の模擬試験だぞ」

「…………」

「忘れてたんだろ」

彼はゆっくり腰を浮し、Kに背を向けてすわりなおした。隣の席から手がのびて机を叩くので、見るとマスクをしたIが首をかしげている。何か用かと彼は訊ねた。マスクの紐を片方はずしてIが言った。

「参考書、貸そうか？」

「おそいよ」

「試験範囲がせまいから」

しかし彼は力のないかぶりを振って、机の上に頬杖をついた。そのときちょうどTが教室の前の戸口から入って来て自分の席に腰かけたけれど、彼の方へはいちども視線を投げませんでした。隣からまた風邪気味の声がして、

「ノート、まだ机の中に入ってるの？」

と訊く。

「きょうは覗かなかったのか」

「あたしどこかで見たことのある字だって思うんだけど」

「…………」

「当ててみようか？」

「うるさい」

一時間めをひどく手もちぶさたに過したあと、彼はKを屋上に誘いました。赤茶いろに錆《さ》びついたフェンスのそばに立って、二人は話し合った。それで判ったのは、彼

の机に入っていたノートは、KがTの鞄から盗んだものだということ。返して欲しいなら質問に答えるようにと要求した、いわば強引なラブレターをKが代筆して手渡したということです。

「盗んだなんて言うなよ、人聞きが悪い」

「他にどう言うんだ。彼女はきっとぼくが盗んだと思ってる」

「とにかく行けよ」とKはいとも簡単に勧める。

「むこうはその気になってるんだから」

「誤解してるだけだ」

「そうか？　おれはおまえの気持を代弁してやったつもりだけどな」

両手を学生ズボンのポケットに突っこんだKがうつむいて、軽く舌打ちをした。

「頼んでもいない」

「おまえTが好きなんだろ？」

そして答をもらえるまで顔を上げようとしない。しばらくして彼は認めました。

「好きなのにいつまでたっても何もしないじゃないか。Tの噂話は聞きたがるくせに、自分じゃ誕生日だって聞きだせないじゃないか」

「…………」

「手も握らずに、いっぺんも話もせずに卒業して後悔しないかよ」

錆びたフェンスを隔てて、晴れわたった空のいろと間近に迫って常緑樹の森が見えた。手紙でKが待ち合せに指定した公園は、森の陰に隠れて視界に入らない、たしかに、Tとろくに口もきかず高校生活は終ろうとしている。先でそのことを後悔するときがくるだろうかと彼は考えてみた。しかし答はわからない。いったい先に何が待っているのか、どこで何をしているのか、彼には一年後の自分の姿さえ見定めることができなかった。Kが同じ方向を眺め、口調を改めて訊ねた。

「おまえ、どうするんだよ」

「わからないんだ」

「大学は」

「受けるだろう、たぶん」

「受かったら」

「……さあ」

「親父《おやじ》が死ぬってそんなに大きなことか？」

彼はすぐに父親の死顔を思い浮べた。思い浮べようとすればいつでも可能な、青白い唇や頬や、硬く閉じたままのまぶたを思い浮べた。生きていたころの父親は、婿養子のせいで祖母に気兼ねをして口が重く、家にいるときは酔いもせぬ酒ばかり飲んでいた。そのことに彼はいまやっと気づき、思い当る記憶を幾つも反芻《はんすう》することができた。おそらく父親が生きていて一年後の彼を見ても、何も言わずに黙って酒を飲みつづけるだろう。二時間めの開始を告げるチャイムが鳴り、屋上に出ていた数人の女生徒が小走りで出口へ向っていく。最後の一人が消えるのを振り返ってから、彼はKの質問に答えた。

「関係ないよ。煙草持ってるか」

　Kが学生服の内ポケットからハイライトの箱と緑いろのライターを取り出してくれた。彼が一本抜いてくわえると、Kがライターを点《つ》ける。屋上はどんなに天気のよい日でも風があって、火を消さないためには四つの手のひらを合せなければならなかった。Kは自分は喫わずに煙草とライターをポケットに戻した。

「行くだけ行ってみろよ」

「……気がすすまないんだ」

「どうして」

「行ってどうする？」

「話すさ。初めてのチャンスじゃないか、自分の気持を打ちあけろよ」

「ぼくはほんとは手紙なんか渡したくなかった。自分の気持なんてうまく書けないと思うから」

「そのことは黙ってろ。黙ってりゃぜったいわからない。あの手紙はおまえが書いたんだ」

「……それから？」

「なあ、先にいろいろ考えすぎるなよ。それがおまえの欠点なんだよ。はっきりしろ、行くのか、一回きりのチャンスを逃すのか、どっちだ」

彼は煙草の吸いさしを足もとに捨て、いつものように折れた。「まかせるよ、Kが始めたことだし」

「けっこう」

Kが靴の先で踏み消して言った。

「じゃあ児童公園の噴水の前で、おまえは三時間めが終ったら先に行って待つ、Tは四時間めが終ってから早退けする、そういう手はずだ」

「なるほどまわりくどいよな。Kは、どうするんだ？」

「おれも別口の用があるから早退けする。あとのことはおまえ一人でやれ。わかったな？」

彼がうなずいてみせると、Kがもういちど満足そうに、けっこう、と呟《つぶや》いた。

タイルが敷きつめられた円形の広場は、やわらかい冬の陽射《ひざ》しにつつまれていました。広場の周囲に設けられたベンチに腰かけて彼は待っていた。足もとから五メートルほど先のタイルには大きな赤いチューリップと、もっと大きな黄いろい蝶が二匹描かれていて、その先に人工池があり、噴水があった。しかし池の水は抜かれ、中央に突き出した鉄管の束はいまは腐りかけた蓮根《れんこん》のように眼に映る。他に人影は見えなかった。学生服のまま煙草をくゆらし、ベンチの背にもたれときおり空を振り仰いではまぶしすぎる光に眼をつむる。そんなことをくり返したり、ノートにあった詩の一節を口のなかで呟いたりしながら、彼は待ちつづけた。

やがて広場の向うの舗道に、鞄をさげたセーラー服の女生徒が現われる。まだ顔も確かに見えないほど遠くを歩いていても、彼はTの姿を認めることができる。歩き方の癖や鞄を持たない方の腕の振りや髪の毛の揺れ具合を。彼はその年の春に教室で初めて出会って以来、彼女を遠くから眺めてすごしてきた。後になって彼が詩の一節を口の中で呟くとき、常にTの歩く姿をイメージとして浮べることになるだろう。手にふるる野花はそれを摘み、花とみづからをささへつつ歩みを運べ。堅いリズミカルな音がタイルを踏みながら近づき、彼の眼の前に立った。

「待たせてごめんなさい……と言うのかしら、こんなとき」

Tはにこやかに微笑していた。実をいえばそれが彼女と正面から顔を見合せた最初で、最後の瞬間でした。彼は腕時計に眼を落してこたえた。

「時間通り」

「手紙の筋書き通り？」

　とTは声に出して笑い、ベンチの右隣に腰かけた。

「ほんとうはね、あたしあなたに誘われなくても早退けする計画だったのよ」

「……………？」

「倫理社会の先生の顔を見てるといつも虫酸《むしず》が走るの。一週間にいっぺんでも、もう我慢できないから今日は映画でも見にいこうと思ってたんだけど」

（どうして？）

　とすぐに倫理社会の教師のことを訊ねていたら、会話がもうすこしなめらかに運ぶ糸口になったかもしれない。しかし彼は、どんな授業のときでも姿勢よくすわっているTの背中を思い出し、心のなかでしばらく不思議がることはしてもその質問を口にはできなかった。沈黙が訪れ、とつぜん現実に返って右肩にTの気配を強く感じた。耳もとで心臓の鼓動が鳴っているような気がする。彼女と一緒にいるだけで締めつけられ痛む胸に、しっかりと片手を添えておきたかった。Tが、膝の上にのせた鞄を開けて、まず魔法ビンを、次にハンカチで包んだ弁当箱を取り出してみせた。

「ね？　用意がいいでしょ。教科書とノートの代りにコーヒーとサンドイッチ。二人分つくってたら手間どって、おかげで遅刻しそうになっちゃった」

「……ごめん」

「なに？」

「ノートを忘れてきた」

「いいわよ、いまじゃなくたって。……はい、どうぞ」

彼は相手の顔を見ずに、内ブタに注がれたコーヒーを受け取った。

「ありがとう」

「ぬるくなってない？」

「いや」

そう思わず答えてから、音のない歯ぎしりをしてひとくち含んだ。初めて砂糖を入れずに飲んだコーヒーは彼の口には苦すぎる。

「どう？」

「まだ熱い」

「よかった。サンドイッチもたべて」

彼は震える指先を叱りつつプラスチックの弁当箱から一切れつまんだ。

「卵とハムと二通りあるの。どっちが好き？」

「……卵」

と、そのとき偶然に自分が手にしていた方を答えるしかない。Tが開いたハンカチの上で弁当箱の向きを変えた。彼女の心配りのせいで、彼はまともに味わえぬサンドイッチを卵ばかり四切れも食べることになる。

「ねえ……」

と二度めの沈黙が訪れていたランチの途中でTが呟いた。彼は右を向きかけ、躊躇《ちゅうちょ》し、かろうじてコーヒーカップに視線をとどめた。

「これからどうするの？」

「え……？」

「卒業してからの話」

「……どうして？」

「べつに理由はないけど気になるから、みんなのことが」

彼はまた、教室で他所見《よそみ》もせずに静かにすわっている女生徒の後姿を、休み時間にも一人で過すことの多いTの横顔を思い出して、この発言を不思議がっていた。食べかけのハム・サンドイッチを片手に持ったままTの声がつづけた。

「あたしは、ほら、知ってるでしょ？　小学校のとき病気で一年遅れてるから、他の人よりも一つ年上なのよね。ほんとはあなたの先輩にあたるわけ。たぶんそのせいで、そのせいだけじゃないかもしれないけど、なんとなくクラスのなかにとけこめないし、みんなの方もあたしを敬遠するようなところがあるの。いままでずっとそうだった。

でも高校生活もそろそろ終りだなって思ってるうちに、ふっと、いま同じ教室で同じ時間をすごしている人たちがこれからどこへ行くのか、たとえば十年後、二十年後にどこにいて何をしているのか、ときどき考えるの」

「………」

「考えない？」

「あんまり」

「どうするの？」

「決めてない。きみは？」

「博多の短大を受けるの。ほんとは東京へ行ってみたいんだけど親が許してくれないから。でもこの街を出られるだけでも嬉《うれ》しいわ」

「なぜ」

「だって……」

　と言いかけてTは言葉につまった。彼はその間にTの横顔を盗み見ていた。睫毛《まつげ》の長さ、意志の強そうな鼻梁《びりょう》、頬のまるみ。涸《か》れた人工池へ眼を向けたまま、Tの唇が開いた。

「だってこんな死んだ街で一生暮していくなんていやだわ」

「……？」

しかしTはそれ以上の説明を加えようとはしなかった。死んだ街。彼はそう口のなかで呟き、祖母と母と妹と一緒に住む家を、学校を、友人たちと集まる溜《たま》り場を、そして一人で酒を飲ませてくれる叔母の店のカウンターを思い描いた。映画館や、書店や、レコード屋や、バスの定期券売場を足してみた。しかしそれらを全体としてとらえ概括することは、どう考えても彼の関心の外にあるようだった。

「この街に残るの？」

とTが訊ねた。

「どこでもいいんだ」と彼はほとんど反射的に答えていた。「場所じゃなくて、何をしたらいいかがわからないんだ」

Tが振り向くのを気配で感じた。

「大学は？」

「行くかもしれない。でもその後はまだ……」

「そんなに先のことまで考えて悩まなくてもいいと思うけど」

「違うよ。そうじゃなくて……」

としか言えずに彼は口を閉ざした。Tもそれっきり黙りこんだ。何度めかの気まずい静けさが二人の周りを支配する。空になったカップが彼の手からTに渡り、魔法ビンのフタが閉められ、弁当箱がふたたびハンカチでくるまれ鞄の中へ消えるまで無言劇が続いた。公園沿いの道路を一台のバイクが駆け抜けて行った。その間、彼はしきりに寂しがり、悔しがっていた。Tへの恋の気持を打ちあける意気地のない自分をではない。むしろ、いま彼が何をどんなふうに見て、考え、悩み、ためらっているか伝える言葉を思いつかないことの方を。

ベンチにすわったまま背伸びをしてTが言った。

「眠くなりそう、こんなところにじっとしていると」

彼はまた右を向きかけ、眼の端に彼女の小さな胸のふくらみをとらえて、じきに正面へ視線を戻した。いま彼女に陽気な笑い声をたてさせ、この場にとどめておく力が、言葉が自分にあればどんなに幸せだろう。

「これからどうするの？　まだここにいる？」

彼はどう口を開くこともできず黙っていた。

「あたし、先に帰ろうかしら」

Tが鞄に手をかけ膝の上に引き寄せる。彼の胸が締めつけられる。しかし、そのとき水のない噴水の向うに現われた二つの人影のせいで、彼女はもうしばらくベンチにとどまることになった。Ｉはマスクをかけていた。Ｋは鞄を小脇にかかえその横に寄り添っていた。二人は人工池の周りをゆっくりした足どりで歩き、ベンチの方には眼もくれず広場の出口へ消えて行った。彼が口をなかば開いたまま、二人の後姿を見送っていると、Tの呟く声が妙に大人びて聞こえた。

「Iさんはね、ほんとはあなたのことが好きなのよ」

「………」

「でもK君が強引だから」

「ちがうよ」

と彼がさえぎると、Tはくすりと笑い声を洩らした。

「だっていつも仲良く喋ってるじゃない」

「それは、いつもぼくのそばにKがいるからだ」

言い終って一秒とたたないうちにTが立ちあがった。短く、鋭い吐息が彼の耳に残った。

「やっぱり先に帰る」

「そう……」

「手紙をありがとう。好きだと書いてくれて。それからとてもいい文章も一緒に、いつまでも忘れないわ」

「………」

「さよなら」

すべてそれでおしまいでした。彼は最後まで黙ってTの姿が遠ざかっていくのを眺めていた。あくる日から、Tとは教室で会っても一度も口をきく機会はなかった。結局、自分の言葉では彼女に何も伝えないまま彼の高校時代は終り、冬の日に公園のベンチにすわって感じていた寂しさと悔いだけが、いつまでも残りつづけることになった。

「いちごみるく」のドアを押すたびに、カウンターの右端の席を見る癖がついた。そこに斎藤まちこ嬢の姿を見つけると、ぼくの胸はいつもほんの微《かす》かに締めつけられる。しかし彼女の眠たげな眼は、三十男の姿を認めても生気をおびて輝くことはない。ぼくたちは椅子を一つ置いて隣り合い、あいかわらずの挨拶を交し、二言か三言の短いやりとりをして別れる。彼女が店を出て行くときの足どりを、ちょっとでも軽くしてやれる力が自分にあればと、二杯めの苦いコーヒーを飲みながら願うことしかぼくにはできない。

いちばん最近に会ったときも、斎藤まちこ嬢はふさいでいた。挨拶用に顎を引いてみせただけで、あとはひとことも喋ってくれなかった。彼女がぼくの耳もとに吐息を一つ残して去ってから、市丸博子に事情を聞いてみると、免許は六回めの試験でなんとか取れたけれど自動車を買うことを親が渋っているそうである。

「車を買ってやれば少しは見なおして相手になってくれるかな」

「本気なの？」

半分くらい本気で言った。

「金があればね」

「帰って仕事をしなさい」

「もう終ったよ。彼女はどんな男と一緒のとき笑うんだろう」

市丸博子は大ぶりのカップを両手で温めるようにして一口飲み、ぼくの頭の上へ視線を投げた。

「女を心から笑わせてくれる男なんてめったにいないわ」

「誰のことを考えてる？」

女は答えずにまたカップを口へ運んだ。そして縁についた口紅の跡を気にするように空いた方の手の親指でなぞる。

「……小林？」

「あのころあたしは笑ってた？」

「ぼくは、あのころみんなが知ってることをいつも最後まで知らないでいたけど……」そう言いかけて少しためらった。「でも、市丸が小林をどう思っているかだけはわかってた」

「そうだったわね」

と市丸博子が少しもためらわずに、含み笑いの顔で答えたので、ぼくは眉をひそめた。

「ねえ、仕事が片づいたのならもういいわね、あの話？」

「いったい何なんだよ、こないだから言ってるけど」

「ある朝、机のなかに入っていたノート」

「……ああ。聞かなくても憶えてるよ」

「それは十代の高野悠子さんが好きな詩を書きつけたノートで、小林貢《みつぐ》少年が彼女の鞄から盗んであなたの机に入れておいた」

「退屈な思い出話だ」

「小林君はあなたの名前で彼女にラブレターを書いたのね。ノートを返すから公園で会ってほしい。でもあなたは待ち合せの場所に肝心のノートを忘れて行った」

「もういいよ」

「聞きたくない？」

「顔が赤くなる」

「まだ早いわよ。これから先を聞いてほしいんだから」

「これから先……？」

ぼくは椅子に背中をあずけ、市丸博子の顔を正面から見上げた。かつて小林が認めた素顔の美しさはいま入念な化粧によって磨きがかけられている。あるいは失われてしまっている。それが癖なのだろうか、またカップの縁を親指の腹で撫でて、ぼくと同い年の女は言った。

「高野さんとあなたが二人で話したのはそのとき一回きりだったのよ。だからノートは返せないままあなたの手もとに残ったし、手紙は本当に書いた人間を知らないまま高野さんが大事にしまっていた」

「…………」

「それから五年後に、あなたは大学生として札幌にいて、ある日、高校時代の思い出のノートの余白に」

「おい……」

ぼくは思わず腰を浮かしそうになった。しかし市丸博子は視線をはずし、かまわずに続けた。

「こんどはあなたじしんの手でラブレターを書きつけて、持主のもとへ返そうと考えた。彼女がいまどこでどう暮しているかはわからないけど、実家の住所なら高校の卒業アルバムで調べればわかる。だいじょうぶよ、ちゃんと届いたんだから。高野さんはちょうど医者の息子との縁談話の最中にノートの入った小包を受け取ったの。そしてやっと事の真相を知った。……どう？『五年めのラブレター』なんて題で」

とにかく何か喋る前に、冷たいコーヒーと水を一口ずつすすり、鼻の頭にかいた汗を指先で拭《ぬぐ》わなければならなかった。それからようやく、一言だけ、

「……どうして？」

と呟いてみたが、市丸博子は頬をゆるめたままぼくを見おろしている。

「わからない？」


いちど受験に失敗し、でたらめな浪人生活を送ったあげく、札幌にある大学へもぐりこんだ。別にその街と大学とに何かを期待したわけではないけれど、ただ、アパートでの一人暮しが始まったせいで、祖母や母や妹の眼をいっさい気にせず、夢を見たいときに見て、目覚めるときに目覚めるといった毎日を得ることができた。飲みたいだけウイスキーを飲み、読みたくない本は一冊も読まず、祖母からの仕送りをキャッシュ・カードで引き出すために銀行へ行くときだけ、ついでのように大学へ顔を出す。そんな気ままな、自堕落な生活が五年間の札幌時代のすべてである。とうぜん大学のクラスに言葉を交す友人はいなかった。新しい街の新しい友人といえば学生アパートの隣人くらいのもので、行動範囲は自分の六畳間を中心に書店と、映画館と、スーパ

ーマーケットと、一日に一度は散歩に出かける近所の公園とに限られていた。やはりぼくのいる場所はどこでもよかったのだ。

　公園の隅のベンチに腰かけると、初夏のよく晴れた日にはアカシアの葉の緑が眼にしみるようだった。秋には銀杏《いちょう》が黄金いろに染り、落葉は無人のすべり台に、ブランコをこぐ子供たちの肩に降りかかった。ダッフルコートを身にまとい、かじかむ手に息を吹きかける季節まで、硬い木のベンチに毎日すわりつづけた。雪になると二階の部屋の窓から、灰いろの空と黒い網目を描く枝ぶりと人気《ひとけ》のない公園の様子を眺めることができた。そんなとき、同じ季節の、同じ時刻の、高校時代を過した街の公園を思い浮べなかったわけではない。高野悠子のノートはいまでも机の抽出《ひきだ》しにしまってあった。二十三歳のぼくは、異性に関して何ひとつ知識を持たぬ時代をすでに通り過ぎていたけれど、しかしそれで十代に抱いた感情を消し去ることもできなかった。女性の顔つきは時間とともにぼんやりかすんでいき、彼女に対する気持だけがいつまでも鮮明に残りつづけるというのは妙なものだ。たとえば、あるとき書店で何気なく手にした文庫本の詩集によって、ぼくの胸は五年前とほとんど変らぬ力で締めつけられるのである。

　詩人の名は伊東静雄。詩のタイトルは『そんなに凝視《みつ》めるな』。ぼくはそれを読むことで、冬の日だまりのベンチに片恋の相手と隣り合い、胸の苦しさを味わうだけで何もできなかった十八歳の少年を思い出すことができた。深夜、机に向いノートを取り出してもういちど筆跡をたどると、セーラー服の女生徒がこちらへ向って歩いてくる姿が眼に浮んだ。窓の外では毎晩のように雪が降り続いていた。そろそろけりをつけ、切り上げる時期かもしれなかった。五年間の怠惰な生活にも、十八歳の片恋にも。ぼくは空白の頁を開き、ペンを握った。記憶を掘り出し、選択し、自分の言葉で新しく並べかえる作業が朝まで続いた。

雪の朝に、郵便局の前で長い時間ためらったあげく投函したのを思い出す。ダッフルコートに降り積もり凍りかけた雪は、アパートに帰って払っても払ってもこびりついて落ちなかった。手袋の中指を嚙んではずしながら、寒さのためでなく震えていたことも思い出せる。それはぼくが初めて書きあげた小説であると同時に、五年越しのラブレターでもあった。

おそらく奇妙な手紙をもらった相手はとまどっただろう。返事はいくら待っても届かなかった。だから本当のところは、彼女が読んでくれたかどうかさえ判らない。それから半年後にぼくは札幌の街に見切りをつけ、生れ育った街に戻って二つめの小説を書くことになった。それを最初に読んだ編集者に何べんも学生時代の習作について訊ねられ、そんなものはないと言い張ったけれど、訊かれるたびに頭に浮んだのはあのノートのことである。そしてけりをつけたはずの十代の恋や、雪の街での学生生活を連想して、いつもちょっぴりせつない気持を味わったのを憶えている。


「わからないって、そんな……」

　ぼくはグラスの水を半分くらい飲んで訊ねた。

「その話、誰に聞いたんだ」

「もちろん本人からよ」

　と市丸博子はすずしい顔で答える。ぼくは苦りきって、しかしもう少しつっこんで訊ねた。

「いつ？」

「もう三年くらいになるかしら。あたしがこの店の開店準備で走り廻《まわ》ってたころだから」

「ぼくが小説家としてデビューした年だ」

「それは知らなかったけど」

「………」

「歩いてたらいきなり車のなかから声をかけられて……あの外車なんていったかしら、彼女が自分で運転してたの、びっくりしちゃった。あたしを憶えてて声をかけてくれたのもそうだけど、すっかり肉づきのいい病院の奥様に変身してて洋服も派手なら化粧も濃いし、あれがあの高野さん？　って感じだった」

ぼくは両手で持ったグラスに視線を置いたまま、先をうながした。

「ええ、あたしはまだ用事が残ってたんだけどむこうは美容院に行った帰りで、どうしてもっていうから近くの喫茶店に入って三十分、一時間くらいかな、昔話に花を咲かせたわけ」

「……ノートの話もか」

「彼女の方からね。あたしがマスクをしてたとかしてなかったとか、小林君とあなたとほんとはどっちが好きだったとか、サンドイッチは確かに作って持っていったけどあなたが一切れしか食べてくれなかったとか、何から何まで。二人でおもいきり笑っちゃった」

残り半分の水を飲みほして吐息をついた。これでぼくの処女作に一人の読者がいたことだけは明らかになったわけである。

「小説家としては……」もう一つ吐息が出た。「できれば、おもいきり笑ったりせずにしんみりしてほしかったよ」

「なに恰好《かっこう》つけてるの」

市丸博子の両手がカップを離れ、カウンターの上に指先を揃えて置かれた。

「そういうのは一人のときでじゅうぶんでしょ」

爪のいろは塗ることができても、手の甲に刻まれたしわはどうすることもできないようだ。

「……そうかな」

「だって、高野さんは小林君が書いた手紙もあなたが返したノートもずっと捨てずに持ってるんだもの。結婚して、子供もいて、三十近くになって、それでも大事に取っておいたのよ。一人でしんみりするときがなかったと思う？」

そこでふたたび十三年前のクラスメイトは視線を合せ、しばらく黙りこくった。それからぼくは空のグラスを口にあてている自分に気づき、もとへ戻すと、「いちごみるく」の女主人に勘定を言いつけた。

「一人になりたいんでしょ」

「机に向う時間なんだ」

「頬杖をついて」

相手の微笑に、ぼくも同じ表情で応えた。

「あのとき、小林と一緒にどこへ行ったんだい」

釣りの小銭を数えながら、女は答える代りに訊ねた。

「ねえ、小林君はもう結婚してるんでしょ？」

「……してるよ」

「どんなひとかしら」

「さあね。きっと笑わせてものにしたんだろ」

するとと市丸博子は顔をあげてしばし無言でぼくを視《み》つめ、その眼を細めて、急にふきだした。釣りを受け取っても、ぼくはまだ笑われている。

「おかしいか？」

「……ええ。その呼吸よ」

「彼女にも使えるかな」

「まだ言ってる。十代の女の子を笑わせてどうしようっていうのよ」

「一回でいいんだ」

「それより新作を書きなさい。十三年前の女の子と男の子のために。ただ、こんどはあたしにマスクなんかさせないでよ」

「考えてみる」

しかし店を出て、駐車禁止の立て札まで歩き、ワイヤー錠を解いてジャンパーのポケットにおさめ、はずみをつけて自転車に跨ったとき、すでに新しい小説のことなど考えてはいなかった。夕暮れの街中へペダルをこぎだしながら、ふいにまた思い出していたのである。冬の午後の陽射しを浴びて歩いてくる女生徒の姿を。それを息を詰めて見守っている十八歳の自分を。こんな街で暮すのはいやだと言っていた少女と、彼女の言葉を理解しようとしなかった少年を。その後ふたりがたどった十三年間の時の経過や、いまふたたび同じ街に、どこにでもあるありふれた街に戻って落ち着いている三十一歳の男と一つ年上の女の身の上を。ぼくはあとからあとから沸き上がってくる感傷的な思いを振り切って、ペダルを踏む足に力をこめた。冬の間近い街にはすでに黄いろい灯《あか》りがともり、ひとこぎするごとに冷たい風が耳もとを掠《かす》めていく。斎藤まちこ嬢にまさか自動車を買ってやるわけにはいかないけれど、彼女の陽気な笑い声を聞くために、久しぶりに運転の練習をしてみるのもいいかもしれない。

傘を探す

夢のなかで三晩つづけて姉を抱いたことがある。高校生のころだから、もう十年も昔の話だがいまだに忘れない。三晩とも同じ夢だった。寝覚めが悪かったのも同じだ。いったいどうやって姉に言い寄ったのか、それともうまく口説かれたのか、姉は酔っていたのか二人とも素面《しらふ》だったのか、姉の部屋だったのかおれの部屋だったのかどこでもない場所だったのか、明け方だったか真っ暗だったか陽《ひ》が射《さ》していたか、お互い自分の手で下着を脱いだのか、どちらかが主導権を握っていたのか、夢だから避妊の心配まではしなかったと思うが（射精もしなかったように思う）、くわしいところはみんな忘れてしまった。しかし裸で姉と抱き合ったことだけはいつまでも忘れない。どうしても忘れられない。それはもちろん、ふだんからそのことばかり考えているわけではないが、ときどきふいに思い出す。一年に何べんか必ず思い出してしまう。たとえば西の空に三日月が見えたときだ。暗い赤みがかった上弦の月だ。

むかし夢から覚めたときにも、窓の外に同じ形の同じ色の月がかかっていた。伯父夫婦の家は街の高台にあった。二階の、西向きの六畳間が、おれにあてがわれた部屋だった。夜の十時だったと思う。夕食のあと一眠りする習慣が当時はあったのだ。高校時代はサッカーの練習にあけくれていた。目覚めると、ラジオがつけっぱなしで、時報が鳴った。いま見た夢を思い出して、おそらくおれは顔をしかめただろう。いつもならサッカーの夢しか見ない。夢のなかでは壁パスがうまく通るのだ。ラジオから陽気な女の声が聞こえた。日本酒が恋しい季節ですね、空には可愛《かわい》いお月様が浮んでいます、上弦の月です、メロンの切り身みたい。そのとき窓を開けなければよかった。

しかしおれは立って窓を開け放ち、その月を眼《め》に焼きつけた。なにがメロンの切り身みたいだ。ノウテンキなことを言うな。おれは笑われたような気がした。ほてった身体《からだ》がよけい熱くなった。三日月は人の秘密を見すかしてにやりと笑う赤い口だった。それ以来だ。それ以来、三日月を見るたびに思い出して顔をしかめる。べつに月や星を眺める趣味があるわけじゃない。見ようと思って見るわけじゃない。なぜか、つい、見てしまうのだ。おれが偶然に天を振り仰ぐと、そこに必ずその月がかかっている。気のせいじゃなくていつもそうだ。おれはここ十年、満月なんか見たことがない。

当然だが姉はこの夢の話を知らない。誰にも話さない。知っているのは、おれ以外には悦子《えつこ》ひとりだけだ。悦子は二言《ふたこと》めには姉のことを聞きたがる。会いたいと言っている。会わせるつもりはない。悦子には姉も、兄も、妹も、弟もいない。ついでに父親もいない。おれには両親がいない。いつだったか、お姉さんがいるってどんな感じ？　とかなんとかあんまりしつこく訊《たず》ねるので、うるさくなって、しまいにやけで、夢の話を喋《しゃべ》ったのだと思う。それともラブホテルへ二人で初めて行った帰りに、出たとたんに、おれが顔をしかめたのを悦子がめざとく気づいて、後になってもそのときの話を何度も何度もむしかえされるのがたまらなくなり打ち明けたのだったかもしれない。たぶんその二つがまじった結果だろう。知り合って、ホテルで寝て、おれの部屋で寝るようになって、子供をいちどおろし、一年くらいたったときのことだ。いまでは二年半のつきあいになる。しかし悦子はおれが期待したほど驚きはしなかった。毒気にあてられた様子もなかった。話を聞くと、むしろはしゃいだような憶《おぼ》えがある。冗談だと思ったのかもしれないが不可解だった。おれは念を入れてくり返した。

「あねきと三べんやったんだ」

「いやらしい」

「じつの姉だじつの」

「ほんとは犯したんでしょ」

「馬鹿なことを言うな。ぜったい誰にも喋るなよ」

「お姉さんが弟を誘ったりするわけないじゃないの。犯したのよ、無理矢理」

「夢のなかの話だからな」

「だから？」

「…………」

「ねえ、あかくなってる」

悦子はくすくす笑い、おれは憮然《ぶぜん》として黙った。悦子は一人っ子だからきっと夢のなかでも一人でオナニーをしたことしかないのだ。じゃあ、姉はどうなんだろう？とおれは考えないでもない。姉も同じような夢を見たことがあるだろうか。姉も十代の頃、六つ年下の小学生のおれを抱く夢を見たことがあっただろうか。


高校時代、姉は漫画家になりたかったのだ。本人はそんなことなどすっかり忘れている様子だが、おれはよく憶えている。Gペンも、墨汁も、烏口《からすぐち》も、ホワイトも、ケント紙も、２Bの鉛筆も、みんな姉から手に取って教わった。姉の教科書やノートの余白はほとんど落書で埋っていた。歴史の教科書の隅にはサッカーをする少年の漫画が何十頁《ページ》にもわたって鉛筆書きしてあり、頁を連続して繰ると少年の足がボールを蹴りそれが戻ってきてヘディングをする、アニメーションの仕掛けになっていた。しゃにむに机に向っている右肩のつりあがった姉の背中からのぞいてみると、ケント紙に大きく男の似顔絵だけを描いていたこともある。瞳のなかにホワイトで星型が二つも三つも印されているような漫画だった。

もちろん姉の部屋の本棚は漫画雑誌であふれていた。姉がそれらを捨ててしまったのは、というか置き去りにしたまま忘れてしまったのは、いまの旦那のせいだ。姉はいつもおにいさんと呼びなさいとおれを叱るが、おれはあねきの旦那としか呼ばない。そいつのせいで姉は少しずつ変っていった。漫画家への道からいつのまにかはずれ、未来の夫に手を引かれて毎週、美術館への道を通いはじめたのだ。

ふたりの愛は、とあねきの旦那の友人代表は結婚披露宴のスピーチで言った。美術館ではぐくまれたのです。姉はしおらしく眼を伏せていた。新郎は赤らんだ顔でにやけていた。姉がむかしケント紙に描いた顔とは似ても似つかない。おれが鼻を鳴らしてせせら笑ったので、向いの席から伯母がにらんだ。

姉はおれを見るたびに、伯父さんと伯母さんには恩があるのよ、感謝しなければならないのよと口をすっぱくして言う。八歳の娘と二歳の息子を残して、おれが白黒の写真でしか知らないおふくろは死んだ。あまりいい死に方ではなかった。姉とおれの父親にあたる男の方は、おれが生れる前に行方をくらましていた。そんなことは誰も教えてくれないが、おれはとっくの昔に勘づいている。おれたちを引きとって育ててくれたのが伯父夫婦というわけだ。

姉は高校を卒業すると伯父のコネで銀行に勤めた。でも英夫《ひでお》は大学に行くのよ、とその頃から言ってたっけ。伯父さんも伯母さんもそのつもりなんだから。六年後、姉は二十四で結婚した。社内恋愛だ。相手は、版画を集めるのが趣味の、銀縁の眼鏡が似合う優男《やさおとこ》だ。似合うというのは伯母がひねりだしたほめ言葉で、おれに言わせりゃ近眼の、痩《や》せっぽちのさえない野郎だ。その年おれは東京の大学を四つ受けてぜんぶ落ちた。

浪人中にいちどだけ美術館をのぞいたことがある。盆栽展か書道展かの開催中で、たいした絵はかかっていなかった。おれが知っているのはピカソとゴッホくらいだが、そんな有名な画家の絵はなかった。おれが憶えているのはヌードを描いた一枚だけだ。畳一枚ほどの大きさで、まっぱだかの女がベッドの上に横坐《よこずわ》りしていた。顔をそむけているので、尻の割れめの上の方と先のとがった乳房の片方しか見えない。その絵の前に立ちつくした。しだいに身体がほてってくるのがわかった。またあの夢を思い出していたのだ。三日月を見れば思い出すが、顔のないヌードを見ても場合によっては思い出す。あの男が姉を抱くのか、と思った。そのときは眼鏡をはずすのか？　おれは顔をしかめた。まだ童貞だった。夢のなかは別の話なのだ。そのときおれはやっと気づいていた。実際には、いっぺんも、姉の裸を見たことがないのだと。

翌年、大学に受かって上京した。ありあまるほど時間はあったがすることがなかった。もし姉が大学へ進んでいれば、思うぞんぶん漫画が描けただろう。おれはアルバイトに精を出した。酒をおぼえ、童貞を失い、四年たってもまだ二年生だった。とうとう伯父が業《ごう》を煮やした。寡黙な男が業を煮やすと後へ退《ひ》かない。伯父は何十年か前に京都の大学をきっちり卒業し、故郷へ戻って養護学校の校長まで出世した男だ。出世の途中で、大学時代に恋愛した女を嫁に迎えた。それが伯母だ。わざわざ京都からこの街へ嫁いだのだ。いまだに関西なまりの抜けない伯母が電話をかけてきて、英夫どうする、伯父さんはもう仕送りをしない決心だと告げた。おれは大学をやめることにした。そこへ姉からの長い手紙が届いて、要するに東京を引きあげて戻ってこいと勧めている。英夫が東京でしかできない仕事をするというのなら仕方がないけれど、そうではないでしょう？　おれは手紙を読みながらうなずいた。便箋の最後の一枚には親子三人の似顔絵が添えてあった。漫画家になる夢はこんなところで細々と生きながらえていたわけだ。その三人三様の笑顔を見て、また鼻を鳴らさずにいられなかった。姉がそんな漫画みたいな幸福な家庭の主婦におさまっているのが可笑《おか》しくてしょうがなかったのだ。姉は手紙に、できれば英夫がそばにいてくれた方が心強いとも書いていた。べつに東京に未練などない。さっそく引き払って姉のそばへ戻った。

東京から戻った翌年、姉は二人目の子供を出産した。そいつの三回目の誕生祝いを口実に招かれて、姉夫婦の家を訪れたのはつい先月の話だ。あねきの旦那はいまもあいかわらず銀縁の眼鏡をかけて、痩せている。子供は二人とも男の子だ。姉はすっかり所帯じみた。姉と会っているときにあの夢を思い出すようなことはまずあり得ない。

旦那は姉のことを「ねえ明子《あきこ》」と呼び、おれのことを「英夫くん」と呼ぶ。おれもあねきの旦那と喋るのはにがてだが、どうやらむこうの方でもそうらしい。いまだに面とむかっておれに話しかけることをしない。必ず姉を中継してくる。こうだ。ねえ明子、英夫くんはビールよりもウイスキーの方がいいんじゃないか？　ねえ明子、英夫くんはそろそろおなかがすいたんじゃないのかな。ねえ明子、英夫くんに動植物園へ行ったときの写真はもう見せたかな。ねえ明子、雨が降り出したみたいだけど、英夫くんは傘を持ってきてるのか？　おれはそのたびに姉に向って、首を縦に振ったり横に振ったりする。最後の質問には横だった。午後から雲行きは怪しかったがおれは傘を持参していなかった。

帰りがけに見ると傘立てには男物が二本あった。黒無地の押しボタン式と、チェック柄のそうではないのと。おれはチェックの方を選んだ。黒い傘がないと旦那は銀行へ通勤するのに不自由するだろう。そう考えて気をつかったのだ。送りに出た姉も旦那もそのときは何も言わなかった。

ところが、二三日たって姉から仕事場へ電話があり、傘を返してほしいという。おれが借りたのは、旦那がもう十年も前から愛用している大切な傘なのだそうだ。大切な傘？　おれはうんざりした。版画の他に傘まで集めてるのか。気軽に貸したり借りたり置き忘れたりするのが傘だ。大切な傘なんて表現はおれの文法にはない。大切な身体、大切な金、大切な女……。おれはいいかげんに返事をして電話を切った。

しかしその後も姉はしつこくかけてくる。どうやら旦那にせっつかれてる様子だったが、わざわざ返しに行く気にはなれなかった。たかが傘なのだ。お互いにぐずぐず言い合ってるうちに、何度か雨の日がはさまり、おれは借りた傘をさしてアパートと仕事場を往復した。仕事場というのはおれが店長とコックとウェイターを兼ねている喫茶店のことだ。おとついも雨だった。その日、都合よく姉から最後通牒《つうちょう》みたいな電話が入ったので、取りにこいと言ってやった。しょうがないわねと姉はためいきをついて折れた。そこにそのまま置いときなさい、あしたにでも行くから。そしてきのうの午後、三人が交替制で働いているウェイトレスの一人がいつものように電話を取りついだ。姉がこれからコーヒーを飲みがてら取り戻しに来ると言った。おれは傘立てに眼を落とした。傘立ては入口の扉のすぐ脇に置いてある。ピンクの電話はその横の台に載っている。確かめるまでもなかった。

「失《な》くなった?」

「ああ」

「どういうことなの失くなったって」

「きのう誰かさして帰ったんじゃないか」

「どうするのよ英夫、あれはあのひとが大切にしてる傘なのよ」

「知ってるよ、わかってるよ、何べんも言わなくても。きっとあねきにプロポーズしたときさしてた傘なんだろ？」

「英夫」

「そんなに大切な物なら、あんとき駄目だって言やよかったんだ」

「言えなかったのよ、あんたが逃げるみたいにして出てくから」

「呼び止めろよな」

「遠慮もあったのよ、あたしの弟だから気をつかってくれたんじゃないの。そういう人だってあんたも知ってるでしょ？」

「そこに惚《ほ》れたのか？」

「怒るわよ」

「あねき、大切なっていうのはかけがえがないって意味だぞ。おれがもし大切な女房を借りてくって言っても、あねきの旦那は遠慮して黙ってるのか。こんどは子供を借りるぞ」

「人間と傘とは一緒にできないでしょ」

「そういう意味じゃないのか」

「屁理屈《へりくつ》いってるんじゃないの。とにかく探しなさい。誰が持って帰ったのか見つけて返してもらいなさい」

「たかが傘ぐらいで何だよ。大切な傘なんて子供みたいに駄々こねるなって言えよ」

「人から見れば取るに足らないものでもね、本人にすればかけがえがないっていうのはあるのよ。そんなこともわからないの？」

「………………」

「ためいきついてるひまに探しなさい」

「冗談じゃないよな、傘の一本」

「まだわからないの？」

「わかったよ、探すよ、探しゃいいんだろ」

「土曜があの人の誕生日ですき焼つくるから、そのときに持ってきなさい」

「まったく、マリネの旦那にも困ったもんだ」

「マリネ？」

「版画だよ、割引で買った」

「マリノ・マリーニ」

「あの傘の名前は何ていうんだ？」

「ブラックウォッチていうのよ」

「……何だって？」

「ブラックウォッチ。あの傘の模様をそう呼ぶらしいの。いいわね？　土曜日にはかならず持ってくるのよ」

その夜、店を閉めたのは十一時近かった。いつもより三十分遅い。帰り際に悦子から電話があって話しこんだせいだし、そのあとで少し考えこんだせいもある。

悦子から帰り際に電話が入るのはいつもの信号だった。会いたいという意思表示だ。おれのアパートに泊りに来るという意味だ。むろんこちらから電話することもある。二年半ものつきあいだから、そんなことは口に出さなくても電話一本で事が足りる。そのつもりだった。しかし悦子の声はいつもと様子がちがっていた。改まって話があるという。勤め先のスナックも休んでいるのだという。それでだいたいの察しはついた。問い質《ただ》すと思った通りだった。生理が二ヶ月遅れているらしい。

生理が遅れるたびに女と揉《も》める。ついきのうまで馬鹿話しかしなかったのが、急にきまじめになって話し合わなければならない。馬鹿話で言い寄って、馬鹿話で続いてきた仲だから、きまじめには慣れていない。改まれば決って悶着《もんちゃく》がおきる。これまでにも三度か四度そんな時期があった。そのうち一度は当りで、悦子は子供をおろした。そのときが最悪だった。手続きから支払いから何から何まで面倒を見たし、ずいぶんと気をつかって下手《したて》に出たつもりだったが、いつまでたっても悦子はふさぎこんでいた。冗談も通じにくかった。ひと月も過ぎたというのに、あのあと布団のなかで泣いてみせることさえあった。しまいにおれも癇癪《かんしゃく》をおこして、

「いいか、子供はかすがいなんて嘘《うそ》だからな。おれの親父《おやじ》はあねきとおれを残して家出したんだからな。子供がいようといまいと、男は逃げるときは逃げるんだ。それを覚えとけよ。子供を生めばおさまる所におさまるなんて考えるなよ」

といま思っても少々ピントのずれた啖呵《たんか》を切ったのだが、悦子は涙のたまった眼でおれを睨《にら》みつけていた。これはなおさら怒らせたかと心配したら、そうでもなく、しばらくして低いがしっかりした口調で、そんなことくらい知ってると負けん気に言い返した。悦子の父親もおれのとこと同じように、女房の他に女をつくって駆け落ちしたのだそうだ。おれはただ何べんもうなずき、

「わかってるならいいんだ」

と裸の肩を抱いてやった。

そのときはそれで片付いたが、後に二度も三度も生理が遅れて騒ぎがもちあがったのは、やはり後遺症だろう。こんどはおろさないと悦子は言い張った。おれと一緒になれてもなれなくてもかまわないと心にもないことを言っていた。おれは仕方なしに覚悟を決め、あとで妊娠ではないとわかって胸を撫《な》でおろすことになった。つまりお

れは半分は悦子との結婚を覚悟し、半分は逃げたがっていたのだ。

その夜の電話でおれは悦子に、生むとか生まないとか一緒になるとかならないとかの話になる前に、あした産婦人科へ行ってこいと勧めた。まず病院で検査をうけて、結果を確認して、話はそれからだ。生理が多少遅れたくらいであれこれ悩んだり焦ったりするのは時間の無駄というものだろう。悦子が何と言おうと、それ一本で押し通した。当を得た応対だった。おれは悦子とつきあうことで少し利巧になったような気がする。悦子も最後には病院行きを承知して電話を切った。

そのあと煙草《たばこ》をふかしながら、とりとめのないことを考えた。やっぱり途中でコンドームをつけたり女の背中に出したりする方法では不十分なのだとか、しかし最初からつけるのは悦子が嫌うしおれもなんか味気なくて好きじゃないなとか、今回あたりがもうそろそろ限界だろうから、妊娠じゃないとわかったらなるべく早いうちに悦子とは別れてしまおうとか、それと同じことを前の妊娠騒ぎのときも前の前のときもおれは考えてたっけとか。それから店を閉めて、あねきの旦那のブラックウォッチを取り戻しに出かけた。


二階へ通じる狭い階段を上りきると、自動扉の前に傘立てが置いてあった。男物が三本入っているにはいたが、あねきの旦那の傘ではない。中へ入った。右奥の卓に高《たか》木《ぎ》の背中を見つけたので歩いていった。肩をこづいてやると、振り向いて、「おう、めずらしいな」という。めずらしいものか。初めてなのだ。煙草のけむりが立ちこめる部屋で何時間も麻雀《マージャン》を打つ趣味などおれにはない。長居するつもりもないので、係の女が運んできたお茶も断ってさっそく用件に入った。

「チェックの傘?」

「緑と紺の。きのううちの店で昼飯くって、帰りに持ってったろ」

「ああ、あれか、それポンね」

と高木は思い出した。この男は高校のときの同級生だ。昼間はパチンコ屋、夜は麻雀屋に入りびたりで毎日暮している。別にそれだからというのではないがこの男は虫が好かない。だから話はなるだけ早めにきりあげたかった。三日にあげずうちの店へ昼飯をくいに通ってきて、パチンコに誘ったりねちねち口説いたりするからウエイトレスに嫌われているのだが、そのことをとやかく言うつもりもない。自分のくたびれた傘の代りにあねきの旦那のブラックウォッチを黙って持ち出したことも、それをウエイトレスの一人が憶えていたことも言うつもりはなかった。おれは問題の傘がどこにあるのかだけを訊ねた。左手の指に煙草をはさみ、右手で麻雀牌《パイ》を扱いながら、高木は入口の方へ顎《あご》をしゃくってみせた。

「傘立ての中だろ。ゆうべ帰りがけにはもう止《や》んでたからな。置きっぱなしだ」

　傘立ての中には見あたらないと教えてやった。

「じゃあおれは知らない。おばちゃんに聞いてみろよ」

　そう言ってから、高木は素頓狂な声をあげた。満貫《マンガン》を上がったのだ。おれは一瞬この男の顔をはりとばしてやろうかと考え、やめにした。くだらないと思う男をまともに相手にしてもはじまらない。それは実は半年ほど前にもいちど考えたことなのだ。

　さっきお茶を運んできたおばちゃんに訊ねたが、傘のことはわからなかった。代りに一回りくらい年下の、太った狐《きつね》のような顔だちの三十女が脇から口をはさんでくれた。ゆうべは遅くになってまた雨が降り出したので、最後まで卓を囲んでいた客の一人が借りて帰ったというのだ。

「ほら、あたいが自衛隊さんとまちがえた鮨屋《すしや》の」

「ター坊かい？」

　鮨屋のター坊というのは正しくは何という鮨屋に勤める誰なのかと、おれは訊ねた。おばちゃんの方が鮨屋の屋号だけ教えてくれた。名前はター坊で通っているそうだ。おれは千福鮨《せんぷくずし》のター坊に会いに出かけることにした。

　外に出ると、十一月の初旬にしては生あたたかい風が吹いていた。裏道なので人通りはすくない。麻雀牌を叩《たた》きつける音やかき混ぜる音がまだ耳に残っていた。頭を二三べん振り、看板の薄あかりの下にたたずんで煙草をつけた。百円ライターの炎がたよりなく揺れ、襟足《えりあし》を風が舐《な》める。天を仰いで煙を吐き出した。この二三日ずっと雨模様の天候なのだが、いまは止んでいる。ただし星は出ていない。幸運なことに月も見えなかった。千福鮨までは歩いて四五分の距離だ。おれはぶらぶら歩きながら半年まえのことを思い出した。

悦子から布団のなかで聞いた話だ。悦子はおれのアパートに泊った夜、勤め先のスナック・バーでの出来事を、あのあとでどちらかが眠りにつくまで話して聞かせるのが癖なのだ。ときどきうるさいと思うこともあるが、うつらうつらしながら悦子の声が聞こえるのはおれはそう嫌いでもない。その日の話はこうだった。

ある客が悦子の顔を見てミミズクに似ていると言った。ビールを二三本あけたあとで、とつぜんそう言い出したのだ。

「ミミズクって何ですか？」

と悦子は訊ねた。

「ミミズクはミミズクだよ」

とカウンターをはさんで向い合った客は答えた。

「フクロウみたいな鳥じゃない？」

とそばに立っていた店のママが話に加わった。そういえば似てるわ。眼がくりっとしたとこなんか、と悦子の顔をあらためて見直しおかしがるので、悦子もつられて笑顔になった。すると客がビールの空ビンをカウンターの上に寝かせ、その口に、財布から取り出した千円札を五枚まるめてつっこんだ。手品でも見せてくれるのかなと思っていると、そうではなくて、

「あたしにね、ミミズクになれっていうのよ。ミミズクになって、あっちの端から飛んできてビンに止ってみせたら五千円やるって。馬鹿みたいと思ったけど、それくらいならいいと思ったから、カウンターの端まで行って、走ってきて、ビンの上に手をのせて止ったわっていったの」

おれは笑いをかみころした。

「そしたら、それじゃだめだ、ミミズクなら羽があるだろうっていうの。両腕を羽みたいにぱたぱたさせて飛んでこいって。二へんめに止ったら、片手じゃなくて両手で止れ、一本足で止るミミズクなんているかっていうでしょ。三べんめのときはね、なんていったと思う？　両手で止ったあとに、ホーッホーッて二回鳴いてみせろだって」

おれがふるわせた腹のあたりを悦子が軽く叩いた。

「もう馬鹿ばかしくって、いやになったからいやだといったのよ。でも、なんだ途中までやってやめるのか、気をもたせるな、なんて客がヘソを曲げて怒りだして、ママ

が、いいじゃないのやんなさいよ、五千円もらえるのよってあんまり言うから、最後だと思って一回だけ言われた通りにしたの。両手を羽にしてぱたぱた飛んできて、空ビンに止って、ホーッ、ホーッ。そしたらね、こんどはまたにやにや笑いながら、お金を口でくわえてみろって。じょうずにくわえて引っぱり出したら五千円はおまえにやるって言ったの」

　おれも悦子と同じようにいやな気分になった。少しやりすぎだ。

「くわえたのか」

「いやよそんなの。いいかげんにしてって怒ったわよ。むこうも酔ってるから最後までやれって怒ったけど、あたしがそっぽ向いて相手にしないもんだから、ママが隣にすわってお酌しながら、ほら飲みなおしましょうよ高木さんとか言ってやっと諦《あきら》めさせたのよ。そいつ高木っていうんだけど、ほんとにいやなやつ」

　もしかしたらと思い、よくよく訊《き》いてみるとそれがあの高木だった。おれはまた金の余った中年客の余興かと思っていたのだ。高木が悦子の店へ通っているというのは初耳だった。おれは自分の女の店へしょっちゅう顔を出すような頓馬《とんま》ではない。悦子の話では高木が飲みに来るようになったのはつい最近になってからだそうだ。それを聞いて、ますますいやな気分になった。

　悦子は気づいていない様子だが、二人で一緒にいるところを高木に見られたことがある。通りすがりに眼と眼で挨拶を交した程度だから高木が悦子の顔を憶えていたかどうかはっきりしない。しかし、もし憶えていたとして、つまり悦子とおれがつきあっていることを知っていて、そんな悪ふざけを仕掛けたのだとしたらただじゃおけない。そう考えてその夜はなかなか寝つけなかった。

翌日、高木はいつものように昼食をくいに現われた。あいかわらずへらへら笑いながら、自分より十も若いウェイトレスに向って与太をとばしはじめた。高木がやって来るたびに、彼女たちが眉をひそめ眼くばせしあっているのも知らずに。おれは焼飯を炒《いた》めながらその様子を眺め、問い詰める気も失せてしまった。まともに相手にするだけ馬鹿らしい。悦子にもそのときそう言ってある。飲みに来ても相手になるなと言いきかせてある。悦子はそんな忠告さえ無用だと言わんばかりに、

「あたりまえよ、あんな薄ぎたない男。飲みにくるならお風呂に入って髭《ひげ》を剃《そ》ってからきなさいっていいたいわよ。ズボンの代りにジャージはいてサンダルつっかけてる男なんかだいっきらい」

とまだ口をとがらせていた。

千福鮨は繁盛していた。入ってすぐのところにやはり傘立てが据えてあったが、あ

ねきの旦那のブラックウォッチは見あたらない。カウンターの端に一つ空席を見つけて腰をおろした。眼の前で鮨を握っている。年配から推《お》すとおそらくこの店の主人にター坊のことを訊ねると、出前にいってるという。おれは鯵《あじ》のたたきをさかなにビールを一本飲むことになった。

ビールをもう一本頼み財布の中身を暗算しているところへ、ター坊がやっと戻ってきた。次から次へ出前の電話がかかってるのに、てめえはどこで油を売ってやがったんだと店のおやじが怒鳴りつけた。すんません、とター坊が謝った。そのあとでおれが声をかけた。ただでさえ体格がいいのに、高下駄をはいているのでなおさら見上げるようだ。角刈の頭からはちまきを取って帽子を被《かぶ》せ、自衛隊の制服を着せたらなるほど恰幅《かっぷく》がよくてもっと映えるかもしれない。

しかし年がはたちそこそこの大男は、おれがひとこと麻雀屋で借りた傘……と言いかけただけでおやじの方へ気弱そうな視線を向け、それからこちらへ片眼をつむってみせる。ちょっと気の毒になったので話すのをやめた。しばらくして、ター坊は鮨桶《すしおけ》を抱えてまた次の出前に出ていった。おれはビール二本と鯵のたたきの勘定二千二百円を支払い、外へ出て、入口の脇の暗がりでター坊の帰りを待ちながら煙草を三本ふかすことになった。

一時間後、おれは飲み屋ばかりが入っているビルの九階にある店でウイスキーの水割りを舐めていた。鮨屋の出前持ちがあねきの旦那の傘を置き忘れた可能性のある二軒のうちの一軒だった。

きのうは公休だったので、ター坊は一日、はめをはずしたのだ。休みの日に麻雀屋に出入りすることは、店のおやじには内緒になっている。昼から打ちはじめて夜の十二時過ぎに終るころには大勝ちしていた。その金で朝の六時過ぎまで飲み歩いたのだそうだ。「何軒まわったかは忘れたけど、三時過ぎにシャレードって店を出たときにはたしか雨も止んでたし、傘を持ってないことにも気づいたからその店がいちばんくさいね。それかその前の店」つまりおれが水割りを舐めていたのはその前の方の、ヴァレンチノという店だった。

ブラックウォッチは見つからなかったが、傘立てのなかには男物が何本もつまっていた。外はまた雨が降り出していたのだ。おれはカウンター席に腰かけて二杯目の水割りを飲んでいた。一杯目を飲んでいる間に、店のママに手短かに事情を説明し、ママから女の子二人にも訊ねてもらって、ター坊がゆうべ確かに格子柄の（とママは表現したのだが）雨傘を持ってこの店を出たことはあっさり判明した。だからその気になればすぐに、次のいちばんくさいシャレードという店へ足を向けることもできたのだ。しかしおれはその気にならなかった。外は雨が降っている。たかが一本の傘を求めて、あっちこっちうろつきまわるのが面倒くさくなった。シャレードはあしたにしよう。

そのうちに客が一人二人と引きあげていき、おれは三杯四杯とグラスを重ねた。すこし酔った。五杯目をつくってもらうときに、前に立ったママと女の子に一杯ずつおごることにした。おれはすこし酔うと気前がよくなる。ママの年齢は姉と同じくらいだった。縮れた髪を長くした眼もとの印象的な美人だ。ビロード生地のような黒のワンピースに金のネックレスとベルト。姉もあんなさえない男と結婚して所帯やつれしなければ、このママと張り合うくらいには男の眼を集めただろうに。女の子の方はおれや悦子と同年配だった。雲雀《ひばり》みたいに陽気な口調で、おもしろい話を聞かせてくれた。

「さっき隣に二人連れの客がすわってたでしょ? そう、カップルで。あれね、あたしの友だちなの、ううん、奥さんの方、高校の同級生だったからよく知ってるの。去年の文化の日に結婚して、今月でちょうど一周年だってお祝いして飲んでたんだけど。ねえ? 人前でべたべたしすぎよねえ。スナックじゃあるまいし、一周年記念なんて笑っちゃうわよ。だってママ、あのこね、一年前は泣く泣く結婚したのよ。つきあってる彼がいたんだけどお父さんに反対されて、彼女のお父さんて人が信用金庫のおえらいさんなのね、金庫だから固いの、そいでどっかからいいとこの息子を引っぱってきてお見合いさせられて、そう、さっきのずんぐりむっくり、商工会議所の青年部なんだって、あれが青年部？　って体格よね、あの男と結婚させられちゃったわけ。あるわよ、そんなこと。あたしなんていっぱい知ってるわよ。親の言いなりで見合い結婚するこ、けっこう多いんだから。知らないだけよ。披露宴のときなんてね、ふてくされてたのよう彼女、こーんな顔、ね？　おかしいでしょ。旦那の方は緊張しちゃって顔こわばらせてただけよ、こうね。気づいてないんじゃない？　三十近くなってあわてて見合い結婚するくらいの男だもの、きっとぼんやりよ、まあ男はたいていそうだけどね。それがさあ、一年過ぎたらあれよ。人前でべたべたいちゃいちゃ、噂《うわさ》には聞いてたけどあたし呆《あき》れてものも言えなかったわよ。ほんとはね、ひとことチクリと言ってやりたい気もしたんだけど、去年のあんたは何だったのって。別れた彼は何だったの。泣いたでしょ？　さんざん泣いたあげくにふてくされてたでしょ？　あれはいったい何だったのかしらって。ねえ……。男と女ってそんなもの？　ねえママ、結婚ってそんなものかしら。あたしなんだか、いままで恋愛したり悩んだりしてきたことぜんぶ無駄みたいに思えてきた」

　喋り終った女の子の顔は笑っていた。おれもにやにや笑いを浮べていた。

「そんなものよ」

と呟《つぶや》くように答えたママの顔も微笑《ほほえ》んでいた。おれは酔った頭で思った。そんなものといえば何でもそんなものなのだ。するとママがつづけて、結婚にまつわる思い出話をはじめた。思い出話といってもママじしんはまだ結婚の経験がないので、実生活ではなくむかし読んだ漫画の中の話だ。漫画と聞いておれは興味をはんぶん削《そ》がれた。しかしまたじきに、持ちなおすことになる。ママが高校三年の頃に読んだという漫画は樹村《きむら》みのりという女流の作品で、おぼろげな記憶では「おとうと」と題されていた。「おとうと」というからにはむろん姉がいる。姉一人に弟一人。ママの記憶によれば、他に両親もいるのだが筋にはほとんど関係ない。姉と結婚する男が会社では父親の部下にあたるということくらいだ。ある日、その部下が家を訪ねてくる。それが姉とは初対面だったのだが、帰り際に、いきなり彼女にプロポーズをしてしまう。というか、父親に向って、お嬢さんをぼくにくださいと言ってしまう。弟は驚く。父親も驚くが、本人の意向次第だと答える。姉があっさり言う。「あたしだったら、いいわよ」弟は耳を疑う。当然だろう。初めて会ったその日に、男と女が結婚を決めたのだ。それから何年かが過ぎる。姉夫婦には子供が二人生れる。幸福な家庭を築いている。いや、子供は一人だったかなとママが首をかしげる。そんなことはどうでもいいとおれは先を急がせた。弟はどうしても合点がいかない。あるとき、とうとう姉に訊ねてみようと思いたつ。どうして初対面の男と結婚する決心をしたのか。ねえ、もう一杯いただいてもいい？　と女の子が言った。いまは義兄となっている男のいったいどこに惚れこんだのか。おれはうなずいて自分の分ももう一杯頼むことにした。どうしてだろう？　おれは早く聞いてみたくもあり、なにしろ漫画だから肩すかしをくらう不安もあった。いずれにしろもう一杯飲もう。あねきの旦那の傘は後まわしだ。

酔っていたせいか朝の十時までぐっすり眠った。目覚めると雨だった。十時半には店を開けなければならない。ウェイトレスがそれぞれに鍵を持っているし、コーヒーや目玉焼やスパゲッティくらいの注文なら自分たちでこなせるからいいようなものの、やはり開店時に店長の姿が見えないというのはまずい。オーナーが現われでもしたらなおさらまずい。市内にステーキ・ハウスやバーや喫茶店を八店舗も持っているオーナーは、それらを一代で築き上げたというだけにしぶちんだ。従業員のしつけも厳しい。あらを探すのがうまい。ウェイトレスの制服のスカート丈が揃っているかどうかにさえ気をつかう。遅刻がばれたらすぐに月給を日割りの時間割りで計算して減俸だ。

おれは毎日、朝の十時半から間に休憩をはさんで夜の十時半まで働いている。月に二度しか休みを取らない。店は年中無休なので、おれが休むときは他の支店から臨時に男手が派遣される。毎月それだけ働いて給料は二十万ちょっとだ。アパート代を払って何べんか酒を飲めばいくらも残らない。姉はしょっちゅう、貯金してるの？　しなさいよ英夫、自分のためよ、なんていうが無理な話だ。たとえ酒を飲まずにこつこつ貯《た》めたとしてもたかがしれてる。

おれがこのアパートを借りたのは、東京から戻って何ヶ月もしない頃だった。伯父の家を追い出されたのだ。小遣いかせぎのアルバイトにクラブのボーイをやったのが腹にすえかねたようだった。しかしそれはきっかけにすぎず、伯父はおれが大学を途中で退《や》めたことがどうしても許せなかったのだと思う。そういう男だ。行きたくもない大学へ行ったのは確かにおれの失敗だった。それは認める。しかしクラブのアルバイトはいい金になる。おれはおれなりに伯父夫婦に気をつかっている。口論になったのは初めてだった。そばで関西なまりの伯母がおろおろしながらなだめたが、寡黙な男が口論しだすと後へは退かない。おまえを引きとって育てたのは大きなまちがいだったと伯父は言ってのけた。おれがろくでなしなのは父親の血だそうだ。母親がクラブのホステスなどにおちぶれたのも、もとはといえば夫に甲斐性《かいしょう》がなかったからだそうだ。おれはべつに両親のことを悪くいわれて怒ったわけではない。伯父が本気で出て行けと言ったから出たまでだ。

それ以来、伯父夫婦の家へは足を向けない。姉の方はむろんいまでも行き来があるから、事あるごとにおれに向って、伯父さん伯母さんには育ててもらった恩があるわよと説教する。二人ともあたしたちのことを実の子供みたいに大事に思ってくれてるのよ。おれにはそんな甘い台詞《せりふ》を喋る姉が信じ難い。本当のところは、伯母が子供を生めない女だったことがおれたちに幸いしただけだ。彼らには身寄りのない子供を引きとって育てる余裕があった。冷たい見方のようだが真実だとおれは思う。だいたい、実の子供みたいに大事になんて姉は言うが、それでは実の子供を捨てたおれたちの父親のことはどう説明するのだ。

　今朝アパートを出て、雨のなかへタクシーを拾いに走り出しながら、おれは悦子のことをちらりと考えた。もし妊娠が事実だとしたらどうすべきか。結果はきょう出るのだ。タクシーはすぐにつかまった。店の前へつけてもらった。降りるときには、おれは傘のことを考えていた。傘なんか持たなくてもちゃんと通勤できる。ちょっと金はかかるが。傘を探すのにも金がかかる。おれは財布の中に三万円補充してきた。給料が出たばかりだからいいようなものの、これが月末だったらとうてい傘探しは無理だ。

　十時半ぎりぎりだった。どうやら減俸はまぬがれた。制服に着替えカウンターのなかに入ったとたん、客がつづけざまに入ってきた。おれは腕時計を見て、また悦子のことを考えた。もう病院へ出かけた頃だろうか。おろせと言っても悦子はもう聞かないだろう。生むと言い張るのはきっとおれと一緒になりたいからだろう。おれは悦子との結婚を、ぼんやりとだが考えた。モーニング・セットの注文がいっぺんに四つも入って、その考えは先へのばすことにした。

夕方ハンバーグをこねていると悦子から電話がかかってきた。雨はあがっていた。しかし外はいつものその時間よりも薄暗く、風があるようだった。店のなかの照明がやけに黄いろく見える。悦子の声が報告した。午後から総合病院の産婦人科で診《み》てもらったこと。検査の結果。それを伝えるとき、心なしか悦子の声は申し訳なさそうだった。

「そうか」

とだけおれは応《こた》えた。しばらく沈黙したあと、こんどは心なしか断固とした口調で悦子が言った。

「生むわよ」

おれの煮えきらぬ態度をあらかじめ見すかしたようなその言い方が気に入らなかったが、怒りはしなかった。

「前から言ってたもんな」

「いいの？」

おれは咳払いをした。どこから電話しているのかと訊ねると、家からだと答えるので、おふくろさんはそばにいるのかと重ねて訊ねた。パチンコに行って留守だそうだ。受話器を置いて待ってろと言い、外へ出て、公衆電話のボックスからかけなおした。

「ねえ、生むわよ」

と悦子がもういちど最初からはじめた。

「おれと一緒に暮したいと思ってるか？」

「結婚のこと？」

「ああ」

「だってもう二年半になるのよ、あたしたち」

「おれはいま子供は欲しくないんだ」

それだけ吐き出すように言ってしまうと、長い間《ま》があって、悦子の声が沈んで聞こえた。それはあたしと結婚したくないという意味かと訊いた。ちがうとおれは答えた。結婚したくないとは思っていない。正直な気持だった。まだ決心がつかないだけなのだ。ただ、欲しくもない子供のために結婚するなんて考えるのはいやだ。生れてくる子供のせいで結婚するなんてどう考えてもおかしい。その言い草を聞いて、悦子がとりみだした。なによそれ。なに言ってるのかわからないわ。涙声を聞いてるうちに、自分でもよくわからなくなった。落ち着け、とおれは言った。落ち着いてどうするのよと悦子が言い返した。どうすればいいのよ。すこし考えさせてくれとおれは頼んだ。するとと悦子は、涙とためいきの混じった声で、悔しそうに、

「もう、ゆうべからなにを考えてたのよ」

と訴えた。


最初のうちは悦子と寝ることだけがめあてだった。それはもちろん、ミミズクに似て眼がくりっとした愛敬《あいきょう》のある顔だちだし、陽気でおれの馬鹿に笑ってつきあってくれるし気に入ったから口説いたのだが、一年たっても結婚のことなんてこれっぽっちも考えてはいなかった。平均すれば週に一二へん悦子がおれの部屋に泊りに来る。それだけだ。その間におれはけっこう他の女とも遊んでいた。他の女がつかまらなかった夜、悦子に電話すれば必ずやって来た。いってみれば調法な存在だった。反対に悦子の方はおれ一人だった。嫉妬を装って冗談まじりに訊ねたらそう答えたのだ。はじめはおれもまともに取らなかったが、一年つきあってみて本当らしいとわかった。

事情が変ったのは、やはり一年目に悦子が子供をおろしたあたりからだ。悦子はおれが自分で考えている以上に真剣だったのだ。おれとの結婚を考えていた。実際にそのことを口にするようになった。おれが煮えきらないと苛立《いらだ》つようになった。ようや

くおれも状況を呑《の》みこんだ。いまではおれは悦子にとって占い札《ふだ》のハートのエースのような存在なのだ。おれはいささかうろたえた。しかしうろたえただけで何も手をうてなかった。あいかわらず電話をかけては悦子を部屋へ誘った。誘うたびに、一緒に過す夜が増えるごとに、身うごきがとれなくなるような不安もあったがどうしようもなかった。それ以上に、悦子とのあのことを思ってそそられる気持の方が大きかった。新鮮さはもう失われていたが、三日も会わずにいるとそそられる気持はいつも新しかった。一年たったから飽きがくるというのではなくむしろ逆だ。それくらいおれは悦子にいろんなことを覚えさせていたし、あのあとの悦子のお喋りになじんでいたのだ。ただ悦子はおれにとって、くるくる入れ替る手持ちのカードのなかでいつまでも離さない切札のようなものだった。捨てるのは惜しいが、まだいい札を引くかもしれない。

　ある夜、風呂に入ってこれからというときに、悦子がとつぜん帰ると言いだした。布団がすでに敷いてあった。そのそばに脱ぎすててあった服を乱暴につかむと、さっさと着替えはじめた。おれにはわけがわからない。とにかく怒っている様子なので、いったいどうしたのかと訊ねた。他の女を部屋にあげたでしょ？　というのが答だった。とっさに周りを見まわしたが、まだわけがわからなかった。おれは用心深いたちなのだ。女が帰るとすぐに便所へ行って、三角に折られたトイレット・ペーパーの端は破いて流すし、とくに悦子が泊りに来る前は、畳の上に四つんばいになって女の髪の毛を拾いあげたりもする。落度はないはずだった。

しかし悦子は、おれがとっさに部屋を見まわしたことがなおさら気に入らなかったようだ。どんなになだめすかしても怒りはおさまらないし、帰ると言ってきかなかった。夜中の三時だった。アパートの外まで手を捕えたり逃げられたりしながら追いかけて行き、ようやく原因がわかった。バスタオルだった。気をつかったつもりで風呂あがりに洗濯したてのやつを使わせたのだが、そのバスタオルの四隅がきちんと揃えてたたんであったのだそうだ。女にたたませたのにちがいないという。おれはためいきをついた。あまりの馬鹿ばかしさに、否定する言葉にも力がこもらなかった。それはバスタオルなんていつもはいいかげんにたたんで箪笥《たんす》に放りこむが、たまには四隅をきちんと合せてみたい気分のときもある。悦子は信じなかったが、事実その通りだった。洗濯物をたたんでくれるような女はいない。ただ二三べん寝るだけの関係なのだ。しかしそこまで喋ればよけい問題はこじれる。悦子はこうと言ったら聞かない頑固なところがある。おれにも弱みがないわけじゃない。バスタオルはたたんでくれないにしても、他の女を部屋にあげたのはまちがいないからだ。その辺のおれの表情を、悦子は眼ざとく読み取ったのだろう。ちょうどそこへタクシーが来あわせた。悦子はおれの手を振りきって乗りこみ、あなたが女遊びをするのならあたしだって男と遊んでやると捨て台詞を残し帰っていった。

悦子ともし手を切るとしたらこれがちょうどよい機会だとおれは考えた。考えながら一週間が過ぎた。七日の間におれは二人の女を部屋に連れこんだ。二人とも一回きりだった。八日目に、妙にみぞおちの辺が熱くなったので電話をかけて、他の男と遊んだか？　そう冗談口調で訊ねてみると、悦子はきまじめな声でひとこと、お客さんとホテルに行ったわよと答えた。嘘にちがいなかった。焼きもちを焼かせようと思っているのだ。おれは黙りこんだ。嘘だと思ってるでしょう、焼きもちを焼かせたがってると思ってるでしょう、と悦子が言った。そう言われて、なにか大きな過《あやま》ちをしでかしたような気分になった。悦子が他の男とベッドにいるところを想像しただけでたまらなかった。いろんなことを覚えさせたのはおれなのだ。悦子の店で看板までねばって、なんとか部屋まで引っぱってくると、悦子は笑いも泣きもせずに、あたしはやると言ったことはぜったいやるわよと言った。ブラウスの胸もとを開いてみると本当だった。左の乳房の上のところに、ナメクジが這《は》った跡のようにピンクいろのあざが消え残っていた。おれはそれを見たとたん身体じゅうの力が抜けてしまった。

店は十時で閉めた。三十分早かったが、客は一人もいなかったし、ウェイトレスはデイトの約束でもあるのかそわそわしている。おれも気がのらなかった。もしオーナーにばれたら風邪をひいたとでもごまかそう。かまうもんか。外へ出ると、ゆうべよりも風が冷たかった。稲光がしている。おれは西の空を振り仰いだ。三日月はかかっていなかった。代りにビルの屋上の空が一瞬、青白くもう一瞬青白く光った。おれは傘を探しに歩き出した。一日じゅう思い浮べていたのは悦子の顔だった。その顔に姉の顔がオーバーラップしてなかなか離れない。

シャレードに着いた頃には雨が降りだしていた。むろん傘立てのなかにブラックウォッチは見つからなかった。傘探しには金もかかるし手間もかかるのだ。おれはカウンター席についてビールの小ビンを二本飲んだ。

傘の行方は女の子の一人が憶えていた。ゆうべ飲みに来た男友だちが借りて帰ったのだそうだ。きのうきょうとよくある話だ。べつに文句を言う筋合いはない。おれはその男友だちと連絡がとれるかと訊ねた。女の子が親切に電話をかけてくれたが留守だった。家の者の話では、明日が早いから十二時までには帰るだろうということだ。蒲鉾《かまぼこ》屋の息子で釣りが趣味なのだそうだ。雨も降っていることだし、気長に待つことにしてウイスキーに切り替えた。水割りを四杯飲んだところで女の子の本名と電話番号とだいたいの住所を聞き出し、店での名前だけ憶えてあとは忘れてしまった。

電話は十一時につながった。雅子《まさこ》というその女の子が伝えるところでは、蒲鉾屋の息子はここを出てもう一軒寄ったのだそうだ。そこに置いてきたと思う。そういってるらしい。キューカンバーという店だった。すぐ隣のビルだった。おれはできるだけ出費をおさえるために、その店へ電話でさぐりを入れてみた。まったく要領を得なかった。仕方がないから勘定してもらい、念のため領収書を書いてもらった。ひょっとしたら姉がいくらかは持ってくれるかもしれない。おれは四千七百円の領収書をポケットに入れて隣のビルへ移動した。

キューカンバーは小ぢんまりした賑《にぎ》やかな店だった。カウンターに椅子が七脚、テーブルが隅に一つだけあってコの字型の五人掛けのソファが据えてある。カウンター席は満員で、何か祝いごとでもあるのかひどく盛りあがっていた。テーブル席には三人の男が陣取って順番にカラオケを歌いまくった。従業員はママの他に女の子が一人きりだ。ママがカウンターの方を切り盛りし、テーブルの客の相手を女の子が受け持っている。おれはソファの端に腰かけていた。注文したウイスキーの水割りと、つきだしにモロキュウが出てきただけで三十分間だれも相手をしてくれなかった。

カウンターの団体はたぶん雨が降り出す前の客なのだろう。傘立てには男物が三本しかささっていなかった。手に取って調べるまでもなく、チェック柄は一本もなかった。予想通りだった。きっとまた誰かが借りていったのにちがいない。あねきの旦那のブラックウォッチは人気の的なのだ。おれは水割りを飲みほした。すぐに女の子の手が伸びてお代りをつくってくれた。しかし傘の話を持ち出すひまはなかった。彼女はレーザー・ディスクの曲名と番号を確認し、百円玉を機械に辷《すべ》りこませなければならない。そしてまた歌がはじまる。そばで話せるような音量ではない。おれは一曲ごとに煙草を一本ふかした。水割りをもう一杯お代りして三十分待った。

やっと三人連れが腰をあげ、ソファの客はおれ一人になった。女の子が隣にすわって四杯目をつくってくれた。お客さん強いのねえ、と言うからそれを一気に半分ほど飲んでみせたが、ほんとはたいがい酔っていたのだ。悪酔いしそうだった。あたしもいただいていい？　と訊くから黙ってうなずいた。傘の話をすると首をひねった。酔っぱらっていたので昨夜のことは何も憶えていないそうだ。じゃあママと代ってくれとも言いにくいし、他に話すこともない。乾杯したあと、むこうの団体は何のお祝いかと訊いてみた。あのなかの一人が来週の日曜日に結婚するのだと答える。もう一杯つくってもらうことにした。その間に電話を一本かけた。戻る途中で足もとが少々ふらついた。

「お客さんまだ独身？」

女の子が訊いた。

「電話、彼女のとこ？」

おれはこの店での五杯目の水割りを飲んで二度うなずいた。悦子はやはり店を休んでいる。そっちはどうなんだと水を向けたらすらすら喋った。いちど結婚して離婚したそうだ。年は二十二だそうだ。おしゅうとめさんとうまくいかなかったの。

「おれんとこはおふくろがいない」

「じゃあうまくいくわ」

「いまのままでも十分うまくいってるんだ」

「結婚したくないの」

おれは頭を掻《か》いた。「子供ができちゃったからな」

「なんだ。こっちもお祝いじゃない。

「でもそんなの結婚する理由にならないぜ、子供なんて」

「理由？」

「たとえば女が結婚した男としかぜったい寝ないというんならこれは立派な理由になるよ。おれは悦子と寝たいからな」

「もう寝たんでしょ？」

「ああ。子供ができちゃってさ」

「だったら結婚する理由ないじゃない」

「その通りだよ。その通りだ」

「妙な人ねえ」

とママが言った。おれはカウンター席に移り何杯目か思い出せない水割りのグラスを握っていた。雨が小降りになって団体は引きあげたのだ。気がつくと客はおれ一人だった。

「いくつなの?」

「二十七」

「あのね、二十七じゃまだ知らないかもしれないけどね、女だって結婚を決めるときは悩むのよ。考えたあげくよ。あなたが言ってるのはそれは漫画だからよ」

おれはゆうべ聞いた漫画の話をママに披露したのだ。弟が、義兄のどこに惚れたのかと訊くと、姉は、あの人が手で髪の毛をかきあげる仕草が気に入ったのだと答える。結婚してそばにいて、自分の手であの人の髪をそうしてみたかったの。これを聞いて漫画のなかの弟は首をかしげるのだそうだが、おれはうなずいた。立派な理由だ。筋道が一本通っている。子供ができたから、なんていうよりはよほどまともな理由だろう。

「あたしは何となくわかるような気がする」と女の子が言った。「考えたあげくに結婚したって、うまくいくかどうかはしてみなきゃわかんないでしょ? だったら考えたり悩んだりするだけ損だわ。初対面だって二年半つづいた相手だって、プロポーズに変りはないもの。ひとめ見て、あっこの人とは赤い糸で結ばれてるんだわと信じた方が幸せよ。きっとお姉さんはそう考えたのよ」

「漫画と一緒にはできないわよ。結婚は現実よ」

　一方、男の方は何を考えて初対面の日に求婚したのか。弟は義兄にも訊ねる。義兄は黙ってスクラップ・ブックを示す。それには雑誌から切り抜いた映画女優の写真が何枚も貼ってあった。女優の顔は姉に似ていた。義兄はその女優のファンだったのだ。漫画のなかで弟は笑いころげるらしいが、おれは笑わなかった。きっとそいつはどうしても姉と寝たかったのだ。寝たいが相手は会社の上司の娘だ。いっぺんだけってわけにはいかないだろう。結婚するしかない。そこでプロポーズだ。この理由も筋が通っていて説得力がある。

「恋愛ならそれでいいかもしれないけれど。でも結婚生活となるとね、愛だの恋だの言ってられないわよ、まずお金の問題があるし」

「そういう問題は結婚したあとのことでしょう。あたしが言ってるのはきっかけなの、あとのことはまた別の話よ。どうして結婚したのか、ぽんと一言で答えられる理由を弟は欲しがってるんだから、姉にはそう答える権利があるわけよ。理にかなってるじゃない」

「だけどそれはやっぱり漫画よ」

　飲みほしたグラスをカウンターの上に置いてみたが二人の掛け合いは止まなかった。結婚とか恋愛とかの話になると女はみんな専門家なのだ。ママは姉と同じくらいの年齢だった。茶いろいドレスの一方の肩に三角に折ったスカーフを垂らしていた。どこで止めてあるのかわからない。ショート・ヘアの眼もとに色気のある美人だった。近ごろの女の顔はみんな眼もとがポイントだ。おれは思いついて席を立った。電話に出たのはあねきの旦那だった。姉が代るまでの間、腕時計に眼を落していた。秒針は確かに回っていたが何時だかよくわからない。姉の声は低く押えられ、とうぜん怒りを含んでいた。


「酔ってるのね？　いま何時だかわかってるの？」

「寝てたのか」

「寝てるわよ。あたり前じゃないの。まともな人間はみんな寝てるわよ」

「おれは親に似てまともじゃないからな」

「いったい何の用？」

「おふくろはクラブのホステスしてて客と無理心中したんだ。知ってたか？」

「そんなこと喋るために夜中に電話をかけてきたの？　切るわよ」

「切るなよ。訊きたいことがあるんだから」

「何なのよ」

「あねきミミズクに似てるって言われたことあるか」

「なんですって？」

「ミミズク。鳥だよ」

「なんであたしがミミズクに似てるって言われなきゃなんないのよ」

「ないか？」

「ないわよ」

「『おとうと』って漫画、読んだことあるだろ高校時代に」

「なにそれ」

「高校のとき漫画ばっかり読んでたじゃないか、忘れたのか？」

「だからどうしたのよ」

「あるだろ」

「知らないわ」

「じゃあ、なんでいまの旦那と結婚したんだ」

「…………」

「なあ、なんでだよ」

「愛してるからよ。傘は？　見つかったの？」

「…………」

「英夫があんまりだらしないことばかりしてたら、お姉ちゃんもう知らないからね」

そこで電話は切れた。おれはカウンターの椅子に戻ってママに傘のことを訊ねた。

その話はさっきいっぺんしたそうだった。もういっぺん頼んで、あねきの旦那の傘がどうやら玉突場にあるらしいことを思い出した。きのう店がはねてから、雨のなかをママと女の子とコーちゃんという客と三人でビリヤードをしに寄ったのだ。女の子は酔っぱらって半分は寝ていたのだが、ママとコーちゃんは興が乗って明方まで突きつづけた。どうもコーちゃんというのはママの恋人くさかったがおれは気づかないふりをした。帰るときにはいったん雨もあがっていたし、三人のうち誰も傘など持っていなかったようだ、というのがママと女の子との一致した見解だった。ではそこにまちがいない。玉突場だ。明方まで開いている玉突場があるなんて知らなかった。あねきの旦那の傘のおかげで見識も増える。

一応そこへ電話を入れてみましょうかとママが言ってくれたが、おれは礼を述べただけで勘定を頼んだ。場所を聞くと歩いて行ける距離だし、通り道だ。その近所におれの行きつけの唯一ツケのきくスナックがある。飲みに出るといつも最後に寄る店だ。ゆうべもそうだった。気やすくしているママがいて、酔っぱらいの愚痴でも何でも聞いてくれる。そこでもう一杯飲んで夜食に雑炊でも食って帰ろう。支払いは一万円札で済ませた。釣りは千円札が一枚と百円玉が二個だけだった。領収書を貰《もら》い忘れたことに気づいて悔んだのは、エレベーターでビルの一階に降りてからだった。雨足がまた強くなっていた。

雨に打たれて歩くうちに悲しくなった。最初のうちは走っていたのだが濡《ぬ》れるのは同じだった。おれは両手をズボンのポケットに突っこみ、やけになって歩きだした。歩きだすと髪の毛から額から滴《しずく》が流れ落ち、なんだか自分が泣いているような気がしてしょうがない。

おれが悲しいのは、まず姉のことだった。ただおとなしいだけが取り得の男と結婚し子供を二人生んで、いまだに行方知れずの父親やまともな死に方をしなかった母親など忘れちまったような平凡な所帯じみた顔で暮している姉のことだった。その姉がしょっちゅう口にする育ててもらった恩だとか感謝だとかいう言葉だった。夜中の十二時過ぎには灯を消して眠りにつく夫婦の生活だった。漫画を描く夢をとうに忘れた姉が、電話でたたき起されて怒っていても決して言い忘れなかったあねきの旦那の傘だった。それからおれが悲しいのは伯父と伯母のことだった。自分たちの子供を持てなかった代りにいまは姉だけが頼りの、姉の子供たちを孫のように可愛がっている老夫婦のことだった。おまえを引きとって育てたのはまちがいだったと、まるでメロドラマみたいな台詞を甥《おい》っ子に向って怒鳴らなければならなかった元養護学校校長が悲しかった。その夫に連れ添い何十年この街に住んでも関西弁のなおらない女も悲しかった。それでおしまいではなく悲しいことはまだまだあった。雨に打たれて歩きながら考えるとあとからあとから浮んでくる。おれの周りは悲しいことやものであふれているのだ。それはたとえば毎日まいにち洗っては油を引きなおす仕事場のフライパンだった。縁の欠けた皿やコーヒーカップだった。かわりばえのしない日替り定食のメニューだった。月に二度しか取れない休暇も、その間にたまる洗濯物も、二度の休暇にかならず覗くことになるコイン・ランドリーの乾燥機の窓も悲しかった。四隅を揃えてたたんだりたたまなかったりするバスタオルもそうだった。おれのバスタオルを一度もたたんだことのない女たちも、おれの部屋に誘えば簡単についてきて泊っていく女たちも、抜け落ちる髪の毛には無頓着でトイレット・ペーパーの端は几帳面に三角に折る女たちもそうだった。射精のあと、伸びきったコンドーム、くしゃくしゃにまるめたティッシュ・ペイパー、それが白いバラの花だという女の冗談、男に教えられたにちがいない冗談、そんなことまで悲しかった。脱いだワイシャツにこびりついている襟あかもそうだった。毎朝、指先で拭《ぬぐ》う眼やにも、歯みがきの習慣も、湿ったタオルも、切っても切っても伸びてくる爪も、電気剃刀《かみそり》の掃除も、買い代えなければならないシャンプーも、ふくらんでいくごみ袋も、腹がへることもたまることも、そんなことのくり返しも悲しく思えた。十一月の雨に打たれて歩くこともそうなら、文化の日の結婚記念日もそうだった。おれがむかし三晩つづけて見た夢もそうだし、姉がむかし読んだおぼえがないという漫画もそうだった。いつのまにかサッカー・ボールを失くした少年も、Ｇペンを錆《さ》びつかせた少女もそうだった。すっかり所帯じみた二人の子の母親も一人をおろしまた妊娠している未婚の女も、夜の十二時には眠っている主婦も午前二時まで働くホステスも、愛してるからよとあっさり答えた姉もあたしはやると言ったからにはぜったいやるわよと言い放った悦子も、そのとき悦子の左の乳房の上に残っていたキスマークも、その夜もう二度と他の女を部屋にあげぬと誓ってから悦子を抱いたおれも……。おれは立ち止った。まだいくらでも先をつづけて、もっと悲しみにひたれそうだったがそこでやめにした。雨のなかに電話ボックスの明りが白く輝いて見えた。

呼出し音が十回近く鳴って出たのは悦子のおふくろだった。悦子はいないという。それだけしか言わない。無愛想な声だった。酔っていてもそのくらいわかる。昼間かけてもそうなのだ。おれのことを知っているのかいないのか、悦子との関係に気づいているのかいないのか、どうだってかまわないような口ぶりなのだ。おれはいつも無視されて小馬鹿にされているような気持になる。

悦子のおふくろも長年水商売をやっていて、去年だったかおとどしだったか引退したばかりだ。男がいる。年下だそうだ。悦子は子供のころ、その男のことをお兄ちゃんと呼ばされて育った。いまだに入籍はしないが関係は続いていてときどき泊りに来る。そんなとき悦子は家に居づらくておれに電話をかける。

電話ボックスの硝子《ガラス》には雨滴が水玉模様のように打ちつけていた。外の景色がにじんで見える。おれは考えた。悦子のおふくろがひどく無愛想に電話を切ったのは、そばに男がいたのかもしれない。そうにちがいなかった。では悦子はどこに行ったのか。おれのアパート以外にどこに泊れる場所があるのか。悦子が家にいないとわかるとむしょうに会いたくなった。おれは考えた。悦子のおふくろがいつも電話で無愛想に応対するのは、他にもいろんな男から電話がかかってうるさいのかもしれない。つまりおれは悦子のおふくろにとって、悦子の店に通って来る、電話番号を調べて言い寄る男たちの一人にすぎないわけだ。やはり悦子がおれをおふくろに会わせたがっていたときに一ぺん会っとくんだった。そうすれば電話はさっきみたいに素っ気なくは切れなかったろう。悦子がどこへ行ってるかくらいは教えてもらえたかもしれない。またしくじった。二年半のつきあいのなかで幾つかおれは失敗を犯している。キスマークをつけさせたのもおれの失敗だった。おれへの面当《つらあ》てに、好きでもない男とホテルへ行ってみせるなんて考えもしない。悦子の一途《いちず》な性格はたぶん母親譲りなのだろう。悦子のおふくろは躾《しつ》けるところはきちんと躾けている。悦子は料理をつくるのがうまい。手のこんだ料理ではなくてちょっとした夜食ていどだが、つくる手際がめっぽういい。姉なんかよりよほどいい。洗い物もあっという間に片付けてしまう。おれはあのとき守れるはずもない誓いなど立てずに、決めてしまった方がよかったのかもしれない。悦子の男遊びの証拠が結婚のきっかけになるなんて当時はいやだったが、それが実は悦子にとってもおれにとってもいちばんの近道だったのかもしれない。あのあと部屋に他の女と一緒にいても、ひやひやの連続だった。ちっとも落ちついて楽しめなかった。そんなことは一度もないのだが悦子がいきなり訪ねて来るんじゃないかと思うと、女と喋っていてもうわのそらだった。もうキスマークは願い下げだ。悦子がこれいじょう他の男に抱かれるのはたまらない。悦子を仕込んだのはおれなのだ。身体じゅうの力が抜けるような情けない嫉妬をおぼえるのはごめんだった。料理の手際がいい代りにあんまりきれい好きではないようで、おれの部屋が散らかっていても気にならぬ風だがそんなことはどうでもいい。おれの子を一人おろし、いままた妊娠しているがそんなこともどうでもいい。どうでもよくないのは、おれが結局は悦子を失いたくないとあのときもいまも思っていることだ。

玉突場の受付には若い男が二人いた。一人はおれの姿を見ると眉をひそめ、おれが傘を探していると言うと不安そうな顔つきになって隣を振り向いた。振り向かれたもう一人の男は笑いをこらえたような表情だった。こいつの方がユーモアのセンスがある。おれは頭からずぶ濡れで、滴をぽたぽた床に垂らして立っていたのだ。どんな傘かとそいつが訊ねるので説明した。ゆうべキューカンバーのママが忘れていった傘だと付け加えると少し態度が改まった。もしあるなら傘立ての中だと言ってすぐに入口の方へ向う。眉をひそめた方の男が親切にタオルを貸してくれた。それで濡れた髪とジャンパーを拭《ふ》きながら待った。おれはまさかあねきの旦那のブラックウォッチが傘立ての中に見つかるとは思わないから、入口で覗きもしなかったのだ。

一分もしないうちに男が傘を持って戻ってきた。チェック柄の傘はこれしか見あたらないという。赤と黒のチェックだった。おれはタオルを返し礼を言った。きっとまた誰かが借りて帰ったのにちがいない。心あたりはないかと訊ねてみたが二人ともかぶりを振るだけだった。これで手がかりがなくなったわけだ。ためいきを洩らしているところへ電話がかかり、キューカンバーのママからで、傘を探している男の人に用があると言ってるそうだった。おれは電話に出た。

「ごめんなさい」とママの声が謝った。「あたしたちの記憶ちがいだったの。あの傘はゆうべあのままコーちゃんが家へ持って帰ったんですって。いまコーちゃんが店に来てるのよ」

「傘も一緒に?」

「それがねえ……」

むろん傘は一緒ではなかった。あねきの旦那の傘は今夜、コーちゃんの手からコーちゃんのボーイフレンドの手へと渡ったのだ。コーちゃんのボーイフレンド? おれは少し頭がこんがらがった。もう一ぺんよく聞いてみると、コーちゃんはママの恋人ではなかった。クラブ勤めのビリヤード好きの女性だった。しかしそんなことは重要ではない。問題は傘だ。コーちゃんのボーイフレンドはいまどこにいるのか。

「ここに一緒にいるのよ彼も」

「………」

「あのね、七時ごろコーちゃんと食事していちど別れたんですって。そのときコーちゃんがまた雨になりそうだからって持たせた傘を飲んで歩いてるうちに忘れたらしいの。降りはじめたのが十時過ぎでしょう? ああ、降ってきたな、と思ったときはもう傘は手もとにはなかったって言うから、その前よね。その前に彼、四軒スナックを回ってるらしいわ」

十時前にスナックを四軒も回る男の顔が見たかった。おれはまた吐息を洩らした。これではあねきの旦那の傘を探して永遠に飲み屋めぐりをしなければならない。キューカンバーのママがその四軒の名前をいちいち教えてくれたが、おれは聞きなじみのある一軒だけを耳に止め、あとは聞き流した。もうじゅうぶんだ。これだけ酒を飲み、雨に濡れ、おまけに風邪まで引きそうなのだ。姉もよく頑張ったねとほめてくれるだろう。もう一軒だけのぞいて、そこになかったら、あねきの旦那の傘探しはおしまいだ。

呼出し音を十回以上鳴らしてねばってみたが電話はつながらなかった。悦子のおふくろが横着してるのか、男と雨のなかを出かけたのか、いずれにしても悦子はまだ家に帰っていない。玉突場のすぐ前にある公衆電話のボックスにおれはいた。雨足は弱まる気配がなかった。酔いもなかなか醒《さ》めなかった。

ふいに、悦子がおれのアパートで帰りを待っているのではないかという考えが浮んだ。合鍵を渡すようなまねはしていないから、廊下でうなだれて待っているのだ。かわいそうに。おふくろが男をくわえこんでいるから自分の家にも帰れない。しかし、そんな姿は悦子に似合いそうもなかった。悦子はもっと気強い女だ。胸に他の男の唇の跡を付けても堂々としてる女なのだ。また思い出した。おれはまた顔のない複数の男たちに嫉妬していた。夕方の電話で子供は欲しくないなんて言うんじゃなかった。きっとまたおれはしくじったのだ。おれへの面当てに、悦子はこんどもとんでもないことを企てているかもしれない。店の客にかたっぱしから電話をかけて誘っているかもしれない。高木じゃないだろうな。おれは高木は虫が好かない。おれが高木を嫌う理由は第一に、第一に悦子の店に出入りするからだ。そうなのだ。おれはほんというと悦子の店に出入りする客はみんな虫が好かない。

いま悦子が誰か他の男と一緒にいると考えただけで膝がふるえそうだった。おれは電話ボックスの扉を開け、外へ駆けだそうとした。思いなおして中へ戻った。どこへ向って駆けだせばいいのかわからない。いったいいま何を探しているのかわからなくなった。あねきの旦那の傘か。悦子か。悦子との結婚を決心するための理由か。おれはまず一番目からかたづけることにして電話をかけた。なじみのスナックだ。唯一ツケのきく店だ。三十代の無口なバーテンと五十手前の気やすいママがいる。そのママの声がいきなりおれに訊ねた。

「探しもの？」

返す言葉に詰った。きっとおれの傘探しはもう街じゅうの噂なのだ。ママがおだやかな口調で続ける。

「はやくこっちへいらっしゃいよ。あちこち探して歩いたんでしょうに」

「…………」

「泣いたり泣かしたりが似合うのも若いうちよね。あたしくらいになったら、もうみっともないだけ。あんたたちを見てると、ほんとに」

「あれ？」

「ほんとに恋愛してるんだねえ、ってそう思うわよ」

「悦子行ってるの？」

「ちゃんと預ってます。だいじな人を傘も持たずに歩かしちゃだめじゃないの」

「代ってくれ」

「迎いにいらっしゃいよ」

「代れってば」

そう言っておれは待った。多少は考える時間が欲しかったのだが悦子の声が聞こえるまで三秒とかからなかった。

「何してるんだそんなとこで」

「雑炊を食べてたの」

「おれを探してたんじゃないのか？」

「アパートまで行ったのよ。でも途中で雨は降り出すし、傘を持たずに家を出たから」

「迎いに来い」

「いまどこにいるの？」

「そっから百メートルくらい離れた電話ボックスの中だ。傘がなくて弱ってるんだ」

そこでしばらく沈黙があった。時間にすると五秒くらいだ。それから悦子が口を開きかけた。

「ねえ……」

「生むか」とおれは言った。

「え？……いいの？」

「好きにしろ。その代りな悦子、言っとくけど、子供を楯《たて》にとるなよ。子供なんていてもいなくても男と女には関係ないんだからな。子供だって、おやじやおふくろがいなくたってだいじょうぶなんだからな、わかるか？」

「うん」

「泣かないのか？　泣いてたんだろ？」

「嬉《うれ》しいんだもん。お姉さんに会わせてくれる？」

「ああ」

「三日月のこと黙ってるから」

「迎いに来いよ」

「あたし傘を忘れてきてるの」

「傘立ての中をのぞいてみろ。紺と緑のチェックの傘が入ってるかもしれない。あねきの旦那の大切な傘なんだ。おれはゆうべっからずっとそれを探しまわってたんだ」

受話器をカウンターの上に置く音がして三たび沈黙が訪れた。こんどのがいちばん長かった。左の耳から微《かす》かに聞こえるのは電話の向うで流れているBGMで、右の耳に聞こえるのは雨音だけだった。電話ボックスの窓についた大小の水滴が蛍光灯のせいで光って見える。右手の指先で叩いてやると硝子を伝って流れ落ちた。下唇を噛んで五つ六つ叩いているうちに、耳もとで悦子の声が何事か喋っていた。おれは受話器を持ちなおした。聞こえてるの？　迎えにいくといってるのよ、悦子が弾んだ声でそう告げていた。

恋人

男相手に殴りあいの喧嘩《けんか》などしたことはない。殴りあいどころか言い争った記憶さえないのだが女の掌《てのひら》で頬を打たれてカッとした経験は何度かある。三十年くらい昔、小学校の教室でゴムの上履き入れを振り回したあげくに泣いた思い出があるけれど（それがいまのところ唯一、腕力に訴えた思い出だけれど）、そのとき揉めた相手もショート・カットの大柄な女の子だった。彼女が鼻血をだして板張りの床に仰むけになったせいで、取巻き連中からうるさく咎《とが》められ悔し涙にくれたのである。当時からぼくの周囲は女の子で固められていた。手の届くところにいるのはかならず異性の敵、それとも味方だった。子供の頃ぼくが親しみ得意としたゲームはおてだま、おはじき、ゴムとび、けんけん、あやとりの類で、グループを取り仕切るボスも決勝を争うライバルもむろん女の子だった。そばに同年配の少年たちがいたためしはなかった。比喩《ひゆ》ではなく、同性の身体《からだ》に手を触れたおぼえがない。彼らはいつも遠く、自分たちのなわばりにいて、ぼくを度外視していた。まるでぼくの姿が眼《め》に映らないかのように。しかしそのせいで彼らを恨んだことは一度もないし、反対に自分じしんを責めたこともない。あの頃もいまも、決してぼくは仲間はずれにされたという意識など持たないのである。つまり彼らがぼくとの勝負を避けたわけでもないし、ぼくが彼らとの勝負を逃げたのでもない。互いに身構えることなく別々のグラウンドで別々の相手との戦いに夢中になっていただけだ。両者の間にはそもそも勝負が成立しなかったというのが本当だろう。少年のぼくはビー玉の遊び方さえ知らなかったし、将棋のルールも覚えられぬまま、喧嘩の要領もわきまえぬまま三十六の年まで過してきた。いまでもたとえば、酒場の隅の方でとつぜん余興に腕相撲が始まるような場面に出くわしたとしても、ぼくの男としての闘争心は少しも掻《か》きたてられることがない。酒場全体が沸きたち、すべての酔客が身体ごと向きなおり眼を釘《くぎ》づけにして隅の舞台に熱中するときに、断言するけれどもぼくはもう一つの隅で平静に酒を飲むことができる。しかしたとえば、包装用のリボンか何かを使ってカウンターのなかの女の子の間で懐しいあやとりが始まったとする。そうなるとぼくはもう尻のあたりがもぞもぞしてくる。ぎこちない手つきや、退屈なバリエーションに対して一言、どうしても口をはさみたくなってしまう。こうしてぼくの場合、機会は常に女性との間にだけ生れる。男たちとの間には何一つ事は起らない。昔からそうだったし、十八の年に世間に出て仕事に就いてからもその傾向は強かったし、いまでもそうだ。同性の人間たちはだいいちぼくの存在が眼に入らないようだし、とうぜん話にも耳を貸さない。女性だけがぼくの表情や言葉尻をとらえ、ちょっかいを出し、意見を述べる。手を伸して触れるところにはいつでも決って女がいる。女しかいない。ぼくはぼく以外の男について、正直なところ何も知らない。彼らがふだん何を考え、何を喋《しゃべ》り、何を楽しみにしているのか、ほとんど知識を持たない。しかし女に関していえば逆である。なにしろ数でこなしているので、女についてはかなりの知識をたくわえている。女には自信がある。いろんな点で自信があるが、特に二つのことで自信がある。まず、知り合ってある時期を過ぎると、男らしくないとぼくを非難する。これは彼女たちの虫のいどころが悪いときに顕著なのだが、百人中百人が揃《そろ》って同じ文句を口にする。そして機嫌の良いときにもう一つ、ぼくのベッド・テクニックに賛辞を惜しまない。つまり女性にとって、ぼくは世の中でいちばん女々《めめ》しく、いままでいちばん巧《うま》い男なのである。

ぼくはいま書店の配達係として毎日を暮している。月刊の女性誌や、経済誌や、週刊誌や、漫画雑誌や、新刊の小説本や学術書を、喫茶店や、企業や、図書館や、大学や、二階建ての車庫付きの家庭へ、ライトバンを走らせ朝から夕方まで配ってまわる仕事だ。月に四日の休みが取れて、給料が税引きで十五万を少し越える。が、かならずしもそれによって生計を立てているわけではない。というのは、ぼくの預金通帳には概算でも、どれだけ慎重に見積っても二三年は遊んでいられるくらいの金額が打ちこまれているからである。

　高校卒業と同時に職に就いて以来、月々の給与が銀行口座に振り込まれるという生活をぼくは延々、十八年間つづけてきた。職場はいくつか移ったけれど、システムは変らない。要するにこれは長い年月をかけて、口座から引き出す額を、口座へ振り込まれる額が大幅に上まわったという計算である。むろん世間一般の公式では（どんなにつましい生活を送ったとしても）この計算は成り立ちにくいだろう。ぼくはたぶん給与生活者としては特殊なタイプに属している。他のたいていの人々は仕事に精を出し、得た報酬を日々の生活をのりきるためにあてる。しかしぼくの場合は、お金はいつも女性とともに豊富にそばにありつづけたので、支払われる給料はほとんど手つかずに口座に残った。言い換えれば、ぼくは十八年間、生計を立てるためには働く必要がなかったということになる。

　最初に選んだ職場は銀行で、まる五年つとめた。女性に関する確固たる自信のうち、主な二点について十分な裏付を得たのはこの時期である。五年の間にぼくは（当時はめあたらしいせいもあって几帳面《きちょうめん》に数を勘定していたので記憶しているが）同僚の女子行員十三人、上司の妻四人、顧客六人、水商売の女性二十六人、その他十一人と関係を持った。その他の中には、行きずりの女性以外にも、女子行員の親友や、上司の妻の従妹《いとこ》などが含まれる。ぜんぶを足すとちょうど六十で、年平均十二、月平均一とすっきり割り切った憶《おぼ》えがあるから数にまちがいはない。ただ、いまになってみると、その六十人のうちで印象に残っているのは一番めと六十番めの二人だけである。最初の相手は先輩の女子行員で、文字通りぼくにとって初めての女性だった。入社したての歓迎会で眼をつけられ、二次会の隅の席でさりげなく口説かれ、そのまま、帰り道が同じだというのでタクシーに一緒に乗りホテルへ連れ込まれた。彼女にはすでに婚約者がいて何ヶ月か先の結婚が決っていたのだが、その間際まで関係を続けることになった。彼女からは後に応用のきく様々な基礎を学んだ。それから、後にあらゆる女性がみせることになるあらゆる態度を、彼女は最初にぼくに対して取った。女たちの気まぐれ、執着、大胆、臆病、決り文句、不意打ち、打算、感傷、皮肉、冷酷、そういったもろもろについてあらかじめ免疫を植えつけたのは彼女である。そしてもちろん、この最初の女は二人でいるとき一度もぼくに財布の心配をさせなかった。

銀行時代の最後の相手はやはり同僚で三つ年下の女の子だったが、直属の係長の子供を身ごもっていた。机が近かったこともあって、ぼくが相談相手に選ばれたのだ。係長は妻子持ちだし、社内恋愛は結婚が絶対条件という社風なので、ここは他に手がない。子供をおろす前の晩、二人で郊外のホテルに泊り彼女と関係を持った。ホテル代も手術の費用も、むろん彼女が払った。その二人でとった休暇の一日が噂《うわさ》にのぼり、まもなく彼女が銀行を辞め、これは噂が事実だと認めたも同然である。入社以来いちども声をかけてくれたことのない次長からお呼びがかかり、転勤を言いわたされた。

つまりこの街から消えろというわけだ。事情を知っている女子行員の大半はハンカチを片手に同情し、残りの少数はチューイン・ガムを嚙みながら自業自得だとドライな反応を示した（ぼくが関係を持った同僚たちは、数ヶ月後には結婚のため退社していくというのがお決りだったので、その頃には一人も残っていなかったのだが、やはり薄々感づいた者も何人かいたのである）。一方、男子行員たちは、当の係長をふくめて誰一人ぼくと視線を合せようとはしなかった。少し迷ったけれど、一つには、大口の顧客であるタクシー会社とパチンコ屋とレストランの女経営者との関係が始まっていたときで、小さなマンションを買い与えられてちょうど移ったばかりということもあったし、それに前々から疑問に思っていたのだが、現金が手もとにあり余っているのにいったい何の目的で毎日まいにち働くのか自分でもうまく答えられないということもあって、ぼくはしばらく仕事から離れ様子を見ることに決めた。

結局、六十人めの女性はぼくが銀行員を辞めるきっかけになったわけだが、しかし印象に残っているのはそのせいばかりではない。それよりもむしろ、彼女が中絶の手術をする前の晩、西洋の城を模した郊外のラブホテルの一室で、吊屋根《つりやね》の付いたダブルベッドの上で交した会話が頭を離れないのである。女は、ぼくが差し出した腕枕に頰をあずけると、かぼそい声で訊《たず》ねた。

（なにをしたの？）

（……おぼえてないのかい）

（わからないわ、なにも見えなかったもの。あのひとのときはいつも痣《あざ》を見てるのに）

（どこに痣がある？）

（…………）

（お金だけもらって、忘れてしまいなよ）

（ねえ……、あのね、あのひとがあなたのことなんて言ってるかわかる？）

（係長が、ぼくのことを？）

（次長さんも……他の男のひとたちもみんな。あなたは女に興味がないんじゃないかって。だから女子行員が集まるところにいつも一緒にいて、仲間みたいな顔をしてるんだろうって。でも、あたしはさつき先輩が結婚する前にあなたとのことは聞いてたし）

（ぼくがオカマだって?!）

（でも、あたしはさつき先輩から聞いて知ってたから）

（彼女はなんて言ってた）

（悩むことがあったらあなたに相談しなさいって。他の男じゃだめだって。女は、か

わいそうにねって一緒にお酒を飲んでくれるだけだし）

（じゃあ忘れなよ）

（最初からそのつもりだったの？）

（いや）

（…………）

（ホテルに泊るって言いだしたのはきみだよ）

（忘れられないわ）

（どうして肩に痣のあるような所帯持ちと寝るんだ？）

（……だって好きだから）

（ぼくを好きになれよ。もう一回できるぜ）

（好きになったからそうなったんだもの。好きになる前はどこに痣があるかなんて……ほんとに？）

（……うん？）

（いますぐできるの？）

（できるよ）

ぼくがこの会話を強く印象にとどめた理由はいくつかある。まず、職場の同僚である男たちが、ぼくをまるっきり無視しているわけでもないけれども、やはり同じグラウンドでの競争相手としては認めてはいないのだということ。次に、ぼくが関係を持った女たちは、ぼくを結婚の相手としては決して選ばなかったけれど、少なくともある面では一人前として認めてくれているのだということ。そのある面において、ぼくは妻子持ちの係長よりもどうやらはるかに優っているようだということ。しかしながら、その優勢は一対一の男女関係の前ではまったくの無力に等しいということ。一人の女は、一人の大切な男を選ぶときに、決してテクニックや回復力を第一の条件にはしないのである。ではいったい第一条件になるものは何か、その点は一度も大切な男に選ばれたことのないぼくにはわかりづらい。わかりづらいけれども、ぼくに欠けている（と女たちがよく口にする）男らしさという言葉に換えてみることができるかもしれない。女たちが、暫定的にぼくをそばに置きたがるときは、必ずベッドの上での巧さや強さに魅《ひ》かれている。これは数多くの経験からまちがいない。つまり、ベッドでいくら汗をかいたところで、それは男らしさとは無縁のものなのだ。おそらく世の中の男という男はぼくほど技巧的ではなく、ぼくよりもずっとないがしろに女のからだを扱い、代償として男らしさを差し出すのだろう。そして世の中の女という女はその方式を受け入れている。というよりもむしろ、望んでいる。何人もの女性がぼくの巧さを賞賛し、あくる日には別の男との結婚のために去っていったように。女子行員がぼくの強さに驚嘆しながらも、妻子持ちの肩に痣のある男を忘れられなかったように。しかし一方で、女たちはいつもぼくに男らしさとは別のものを求める。逆にぼくが女たちに与えられるのは男らしさ以外のものでしかない。他の男たちがそれを軽んじる分だけ、ぼくは重く見る。常にぼくの周りを固めている女たちと折り合いをつけうまくやっていくためには、それに力を注ぎ磨きをかけるしか手がない。十八の年から現在まで、十八年間ぼくはそう考えつづけてきた。いま、こう考えることに慣れている。ぼくは女性にとって、いちばん重要な男性にはなり得ないタイプだということ。

一日は朝のランニングから始まる。これは週二回の水泳とともに、まる十三年（つまり銀行を辞めて以来）つづいている習慣である。片道三キロほどの川べりの公園まで走り、短い散歩のあとまた走って戻る。それからシャワーを浴び、朝食は八時。牛乳、トースト、目玉焼、サラダ。このメニューも長いあいだ変らない。持続力は、ぼくに備わった生来の才能のようである。九時十分のバスに乗り、九時半に勤め先の事務所に着き、一日分の配達伝票を手渡される。間に一時間の休憩をはさんで五時半まで、市内をライトバンで走り回る。残業はない。日が暮れてから見知らぬ者がドア・チャイムを鳴らすことを人々は好まない。毎日まいにち九時半から五時半まで判で押したように働く。銀行に多額の預金があろうがなかろうが働く。すでにぼくはそう決めている。ぼくにとって、仕事は、早朝のランニングとほぼ同様の意味を持つ。それ自体にはどれほどの目的もない。来る日も来る日も夜が明けるからぼくは走る。来る日も来る日もその時間になれば車を走らせ本を配達する。一日一日、それをこなしていくことにぼくはささやかな征服の喜びを味わう。仕事は、ぼくにとって日課の一つである。

火曜と土曜の水泳の日には、午後七時までにスイミング・クラブへ向う。一時間、ゆっくり、クロールで一キロから一キロ半泳ぐ。十三年間、一日も休まずに続けてきた習慣なので、ぐったり疲れるようなことはもうない。多少、呼吸が乱れ身体がほてる程度である。1DKの賃貸マンションに戻り、十二時の就寝までの時間を、遅めの夕食と全集本の読書にあてる。

水泳のない日は女性と寝る。一人は二十代後半の人妻だが子供がいない。海上自衛隊員の夫は月のうち三分の二は家を空けるので、こちらから密《ひそ》かに訪問する。彼女は女性週刊誌と月刊誌を一冊ずつ定期購読している。配達のたびに玄関先で交す挨拶が、だんだんと色めいた会話に成長し、やがて、彼女の方から男の独り暮しの不自由に同情するという形式を踏んで、手料理の夕食に招待してくれた。その晩が一回めで、一年近くつづいている。二人めは、その人妻と二三度、行ったことのあるスナック・バーのママ（ぼくは誰かと一緒でなければ外でも部屋でも酒は口にしない）。彼女たちは高校のときのクラスメイトだそうだ。ママはぼくと人妻の関係を知っていて、いろいろ細かいところまで聞きたがるが、人妻はぼくとママのことに気づいていない。ママと寝るのはたいてい日曜の午後、彼女のプレリュードで郊外のラブホテルまでドライブする。三人めは、ぼくが勤めている書店の社長の奥さんである。年はぼくと変らない。小学生と中学生の子供が二人いることもあって、会う機会は同窓会だとかPTAの謝恩会だとか適当な口実が見つかったときに限られる。チャンスがあれば、朝、配達伝票の間に、待ち合せの場所と時刻を記したメモがはさまれる決りになっている。最初に彼女の方から誘いをかけてきたときもその方法だった。もっとも、伝票を手渡すとき女の表情は恥じらいもせずいつもと変らなかったし、メモを発見した男の方も、いささかも驚きはしなかったけれど。彼女とは平均すれば月に一回くらいの割合でまる二年つづいている。そのたびに彼女が持参する封筒にはきっかり八万円入っていて、現在ぼくが住んでいる部屋の家賃と同額である。

そして、最後にもう一人、つい二週間前に知り合った女性がいる。彼女と寝たのはまだ一度きりだ。二十四歳の独身で、デパートの化粧品コーナーの売り子をしている。知り合った翌日にいちどだけ関係を持ち、そのあとの二週間に二度めがなかったのは、こちらからは動かずに彼女の連絡を待ったせいである。最初に口をきいてから一日後にベッドをともにするというのは別段めずらしくもない。出会ったその夜にという場合もあれば、何週間もかけて注意深い猫のようにじわじわ近づいてくる女もなかにはいる。男のことはよく知らないけれど、好物の匂いを嗅ぎつけた女のとる態度は実にさまざまなのだ。しかし、一度めのあとで、二週間もの空白を置く女はめずらしい。過去を思い出しても、そういう相手はかつて一人もいなかった。必ずホテルでの別れ際に、それともあくる日の夜かかってくる電話で、次に会う日取りを決めるのが普通だった。唾液を呑《の》んで好物をしばらく我慢することはできる。けれどいちど味をしめれば、きっともういっぺん試したくなる。ぼくとの関係を一度きりで終りにできた女は誰もいないのだ。その点については、完璧なといっていいくらいの自信を持っている。もちろん彼女にも部屋の電話番号は教えてあった。ぼくは頭の隅で、彼女からの電話が鳴らないことを不思議がっていた。不思議がりながらも、あいかわらずの日課をこなし、規則正しい生活を送っていた。

化粧品コーナーの売り子から電話がかかったのは、ホテルで別れてまるまる一月《ひとつき》たった晩のことである。そのときはすでに忘れかけていたのだが、水沼姿子《みずぬましなこ》というのが彼女の名前だった。電話の相手がぼくじしんであることを確かめると、彼女はまず水沼ですと名乗り、それから、つけくわえるというよりもむしろ言い直すといった感じで、姿子ですと続けた。

「憶えてるよ、もちろん」

とぼくは応えた。しかしぼくが記憶に留《とど》めていたのは女の名前でも、顔でも身体つきでもなく、年に似合わない、サンド・ペイパーでこすったようなその掠《かす》れ声だった。その種の声質は、経験でいうとしばしばベッドの上で薬味としての効果を現わす。それに比べれば、若くて張りのある声などは、ときに調子のはずれたクラリネットの音色みたいに響くことがあってぼくの好みではないのである。

「会いたいんですけど」

と次にいきなり水沼姿子が言った。息づかいが普段よりも荒いようだ。咳払《せきばら》いが聞こえたのは、たぶん唾を呑み下す音を隠したかったのだろう。

「会ってもらえますか?」

ぼくは今日が金曜であることを頭に置いて答えた。

「しあさっての夜があいてる」

「今夜は?」

「これから出かけるんだ」

腕時計を見ると八時半を回っていた。社長の奥さんとの待ち合せは直接ホテルで、九時にということになっている。ちょうどいまごろ、彼女は短大時代の友人が出演した『琴と三味線の夕べ』の会場から、行きつけのラブホテルのいつもの部屋へと車を飛ばしているはずだ。九時からの二時間を二人で過す。十一時に、彼女は冷蔵庫のビールでほんのり眼もとを染めて、夫と二人の子供が待つ家へ帰る。友だちに飲まされて、といつも通りの言い訳を使うだろう。ぼくはそのままホテルに残る。二度めの風呂に一人で入り、全集本の一冊を読みながら眠りについて、翌朝六時に起きるとランニング用の身なりを整え、やはりいつも通りに川べりの公園へ走る。これは社長の奥さんと寝るようになって一年たった頃に始めた習慣である。公園から測ると、ラブホテルとぼくのマンションがおおむね等距離にある点に眼をつけたのだ。あわただしく自分の部屋に帰る必要のないぼくにとってはずいぶん面倒が省けるし、ホテル代は最初から泊り料金で支払ってもらっているので問題はない。彼女にしても、夫の使用人兼密会の相手でしかも今夜は用済みの男を車で送っていくという手間から解放されるわけである。鞄《かばん》の中に新しい下着と、ジャージの上下、ジョギング・シューズとタオル、それから日本文学全集全88巻の20を詰め、すでに身仕度は終っていた。鞄は背中にしょえるようベルト付きを選んである。あとは表へ出てタクシーを拾うだけだ。堪《こら》えきれぬ息を吐いて、水沼姿子が言った。

「近くまで来てるんです」

「近くって……このマンションの近く？」

「うん」

「どうしてここを知ってる」

「だって何も教えてくれなかったからあたし、悪いと思ったけどクラブの斎藤《さいとう》さんに嘘《うそ》ついて、調べてもらって……」

斎藤さんというのは誰だか知らないが、クラブというのはスイミング・クラブのことである。水沼姿子とはそこで知り合った。

「電話番号はちゃんと教えたはずだよ」

「急に会いたくなったの」

「急いで電話をかければいい」

「ゆうべはかけたのよ。でも、ゆうべも出かけてたでしょ？」

「……………」

とこのときぼくが黙りこんだのは、一つには受話器をあてた方の耳の鼓膜が、あまりにも無造作な嫉妬の息づかいに震えるのを感じ、そのことにとまどったためだし、もう一つは、ゆうべ海上自衛隊員の留守宅を訪れ、人妻に挽《ひ》き肉入りのシチューをふるまわれたことなどを思い返したせいである。ぼくはさっき女がそうしたように咳払いをして、ついでに受話器を左手に持ち替えた。

「電話にわざと出ないのかと思ったから、ゆうべはそこまで上がって行って、それから」

「チャイムを何十回鳴らしたか知らないけど、そういうのは隣近所に迷惑だと思うよ」

「ううん、そんなことしないわ。もういちど外に出て、窓を見たら灯《あか》りが消えてたもの」

「それで？　いまはついてるのが見えるのかい？」

「すぐ前の通りの公衆電話からかけてるのよ。でもレースのカーテンが半分くらいしか見えない。ねえ、慎之介《しんのすけ》さんの電話はどこに置いてあるの？」

言うまでもなく慎之介はぼくの名前である。空いた方の手で電話機を持ち上げて二三メートル移動し、首を伸せるだけ伸して奥の部屋の窓を眺めてから答えた。

「ダイニング・キッチン」

「どうして？」

「コードの長さが足りない」

「ここから見える部屋は寝室？」

「レースのカーテンを半分隠してるのは洋服箪笥《だんす》だよ」

「一時間でいいから会えないかしら」

「一時間でいいなら明日、クラブで会おう」

「…………」

「どうしてせっかく始めた水泳を一ヶ月も休んだりするんだ？　月謝だってもったいないだろ」

「電話がかかってくるまでは我慢しようって決めてたの。それまでは顔を見ないようにしようって。でも、いくら待ってもかかってこないし、ゆうべ急に会いたくなったらじっとしてられなくて」

「台所の隅っこですわって喋ってるから腰が冷えてきた」

「……隅っこって？　そんなに広いの？」

「十四畳ある」

「暖房がたいへんでしょ。ストーブ？　温風ヒーター？」

「寝室にエアコンを付けてるんだけどね、こっちまではなかなか」

「寝室は何畳？」

「八畳、かな」

「ベッド？」

「そう」

「大事な用なの？」

「何が」

「これから出かけるって言ったじゃない」

「ああ。もう時間がない」

「三十分でいいから会って」

「無理だよ」

「お願い」

「だめだ」

　と言いながら、もういちど腕時計を見て九時十五分前を確かめた。だいじょうぶ、すぐにタクシーさえ拾えれば、まだ二三分の余裕はある。それから次に、寝室のダブルベッドの端に載っている緑いろの（まるで同じいろの風呂敷包みのような形にふくらんでいる）鞄へ視線を投げているうち、ふいに気が変ったのは魔が差したとしか他に言い様がない。

「どうしても？」

　というタイミングのいい女の一声に釣られたようにぼくは答えていた。

「どうしても会いたいのなら、十一時過ぎに……」

「待ってるわ、こないだのお店で」

「……こないだの？　どこ」

「ジン・トニックを飲んだでしょ？」

「今夜は酒は飲みたくない」

「じゃあ、その向いに『米八《よねはち》』ていう串焼き屋さんがあるけど」

「…………」

「どうすればいいの？」

「こないだのホテルがいい」

社長の奥さんを十分か二十分早めに帰して（そのためにはいつもより十分か二十分早めに終えればいいわけだ）、その足で駆けつければ、十一時には水沼姿子に会えるだろう。今夜は読書をとりやめて、就寝時刻を二三十分ずらさなければならない。電話口で水沼姿子は迷っている様子だった。ほんの二三十分の変更だが、ぼくも迷いはじめていた。この手の誘惑については常日頃から自分じしんを戒《いまし》めているのである。ほんの少し柔軟性のある規則から不規則までの距離は、ほとんど一跨《ひとまた》ぎではないのか。そして女たちはいつも不規則の側に立って、ぼくの規則的な生活の内側へ長い脚を踏み出そうと機会をうかがっている。

「あたしが先に一人で入るの？」

「いやならよしてもいいんだ」

「ツインルーム？」

「…………」

「ねえ」

「チェック・インにはぼくの名前を使う、十一時にぼくは部屋のドアをノックする、きみがうたた寝でもしてれば隣近所に迷惑がかかる、わかった？」

「車で来てるから送りましょうか？」

「いや、もうタクシーを呼んである」


ガラス越しに中を覗《のぞ》くと、まず派手な芥子《からし》いろのコートを着た女の後姿が眼についた。他にも女性客は数人いて、それぞれにプラスチックの買物籠を持っているが、シヨート・ヘアは見つからない。芥子いろのコートが横顔をちらりと見せて、別の棚へ移動する。紫っぽいいろのマフラーを巻き、紫いろのショルダー・バッグを提げている。ぼくは積みあげられたダンボール箱のそばを離れ、街灯の下まで歩いて、二つ折りにしたメモを開きもういちど眼をこらした。

慎之介さま
ホテルが満室だということなので、十一時に、米八の三軒隣の角のローソンで待っています。

ホテルの名前入りのメモを、ジャケットのポケットにしまいかけて舌打ちをし、片手でくしゃくしゃにまるめて暗がりへ投げ捨てた。代りにタバコを取り出して点《つ》ける。白い息と一緒に煙を吐きながら、一ヶ月前ホテルに泊ったとき、彼女が何いろのコートを着ていたか思い出そうとしたができなかった。タバコを喫《す》い終って腕時計を見ると、ちょうど約束の時刻になろうとしている。社長の奥さんが、きょうは三十分早く帰ると自分から言い出したのを、幸運だと思ったのはどうやらぬか喜びだったようだ。両手をズボンのポケットに突っこみ、終夜営業のコンビニエンス・ストアの入口まで歩く。自動扉が開くと、紫がかったマフラーの端がひるがえって女は頬をゆるめ、右手を顔のあたりまで上げてみせた。紫いろの手袋をはめている。

「やあ」

「よかった。伝言を渡してくれなかったんじゃないかって心配してたとこなの」

「夜中に買物かい」

「どうしてリュックサックをしょってるの？」

「どうしてホテルで待たないんだ？」

「満室だったのよ。東京から映画のロケの人たちが大勢やってきて、てんてこまいなんですって。六時からのテレビのニュースで見て知ってたんだけど、あのホテルにみんな泊っててるのね。知らなかった？」

「どうして伝言にぼくの名字じゃなくて名前を使うんだ？　お客様が慎之介様ですかってフロント係に訊ねられたよ。横でもう一人が笑いをかみころしてた」

「だって」女は追いつめられたように眉を寄せたが、じきに逃げ道を見つけて、首をやや傾けると晴れやかに笑った。「だって慎之介て名前の方が好きなんだもの」

「何を買物してる？」

「好物がわからないから落花生と、ドーナツと、クッキーと、食パンと、牛乳と、オレンジ・ジュース……マーガリンはあるの？」

ぼくは手袋に包まれた女の手を引いて歩きながら、落花生から順に棚に戻した。

「歯ブラシは買っといた方がいいんじゃないかしら」

「そんなもの、ホテルにあるよ」

「満室よ」

「ラブホテルでもどこでもいい」

「それはいいや」

「車で夜明しするかい？」

「慎之介様のお部屋は？」

「満室」

「やっぱり。誰かと一緒なのね」

「独りだよ。女性は部屋にあげないことにしてる」

「なぜ？」

と、手をつないだ女に真顔で視《み》つめられて、咄嗟《とっさ》に答に詰った。

「なぜって……、そういう規則だからね」

「カラカラカラ」

「何？」

「笑ったのよ。あなたがたは、選ばれた、神の子です。規律正しい、生活を、心がけ、ねばねばなりません。高校のときね、シスター中野《なかの》って恐《こわ》いおばさんがいたの、機嫌のいいときにカラカラカラって笑ったの」

窓際の、雑誌が並べられた棚の前に立って、しなこは声色を使い笑ってみせた。ぼくたちのそばをぼくたちと同じように手をつないだ一組の男女が通り過ぎ（「洗剤を忘れないでね」）、学生風の三人連れが通り過ぎかけてしなこの背中に触れんばかりに週刊誌へ手を伸し（「これだろ？」「新しいやつか？」）、そして黒っぽい服装のマスクをかけた女がしなこの顔から足もとまで一瞬のうちに値踏みして歩いていく。しなこはぼくの視線の落ち着きのなさを咎めるように、つないだ手に力をこめて言った。

「どうするの？　あたしもう帰れないわよ。友だちんとこに泊るってママに言ってあるから」

　まるで十代の夏休みに似合いそうな台詞《せりふ》である。この脅しはおそらくいままでも、男らしさを売り物にしている男たちには効果を持つのだろう。ぼくは苦笑いを隠すためにうつむき、腕時計で就寝時刻まで五十分しかないことを確かめた。まったく、いったい誰がこの二月の末の寒いときに、この街で映画を撮ろうなんて思いついたんだ。

しかし、そのときまでぼくの気持にはまだ余裕があった。相手は一回りも年下の、人前で自分の母親をママと呼ぶような女なのだ。ベッドの上でくりひろげられる物珍しさに好奇心を押えきれないでいるだけだ。面倒にならぬうちに追い払う方法はいくらでもある。いや、それよりも先に彼女の方から、貪欲《どんよく》に好奇心を満たしぼくの規則にあきれて、ママのもとへ逃げ帰るのがおちだろう。一年のうちに一晩だけ、一時間ほど眠る時間が短くなるのは不規則のうちに入らない。要は明日の朝六時に目覚めて公園まで走り、いつもと同じ一日を始めることだ。しなこのほんの少し受け口に薄く開いた唇から、紫とピンクのチェック模様のマフラーに視線を移して、ぼくはそんなふうに考えをしめくくった。

「車はどこに停《と》めてる？」

「おうち。いちど帰ってまた出てきたから」

「歯ブラシと洗顔クリームを買っておいで。外でタクシーを拾って待ってる」

「ほんとはね、着替えまで持ってきてるの」

「だろうね」

「規則破りはかまわないかしら？」

規則は破るためにある、とぼくは冗談を言った。


あるとき、酒場のカウンターで自慢話を延々と喋る酔っぱらいと隣り合せたことがある。彼が言うには、自分は続けようと思えば一時間でも二時間でも、大げさではなく一日中でも続けることができるそうである。しかも、逆に早く終えようと思えばそれも可能で、もし相手が望むならば、すぐに次の回に移ることもできる。三回でも四回でも五回でも、試したことはないけれどたぶん六回でもだいじょうぶだろう。なにしろ時間も回数もお望みしだい、自由自在にコントロールできるのだ。それを聞いた彼の連れが（二三人いたと思う）、口を揃えて、その話は聞き飽きた、おまえは大嘘つきだときめつける。相手をしていた酒場の女も、ほんとだったらたいへんでしょうねえ、と笑うばかりで、つまりその場に居あわせた誰もが酔っぱらいの言葉を信用しない。信用されない酔っぱらいはむきになって喋る。自分がそんなに強いのは、暇を見つけては山道を走っているからだ。烏帽子《えぼし》岳のてっぺんまで（と具体的に山の名前をあげて）、春夏秋冬、三日に一回は駆け上り、駆け下って水風呂に入れば、ふき出した汗と熱く燃えるような体温で風呂桶《ふろおけ》から湯気が立つほどである。冬場でもそうだが、夏の暑い盛りなどはとくに、わが家では自分が水風呂から出たあと、ふつふつと沸きあがった湯を子供たちが使い、燃料費が助かると女房も喜んでいる。それとこの腕の筋肉を見ればわかるように連日、ウエイト・トレーニングにも励んで、励みつづけて十余年、おそらく自分の精力絶倫は両方の鍛練の賜物《たまもの》であろう。もちろん、気の毒な酔っぱらいは喋れば喋るだけ周囲の信用を失うことになったのだが、そのとき酒場にいた人間の中でぼくとぼくの横にすわった女だけは（彼の話が真実かどうかは別にしても）、少なくとも彼の話に出てくるような男が現実に存在し得るということを知っていた。あなた以外にも怪物はいるのね、と後で二人きりになったとき女は妙に感心した口振りで言ったのである。確かにぼくも、自分じしんを（酔っぱらいの言葉を借りれば）自由自在にコントロールすることが当時できた。今もできる。ただし、それは走ることとあるいは泳ぐことの結果として得たものではなく、ぼくの場合はどう考えても生れつきなのだ。なぜなら、ランニングと水泳を始めるずっと以前からぼくは（あのときの女の表現を借りれば）怪物だったからである。断言するが、ぼくの怪物性とぼくの日課との間に因果関係はない。なにも一つの目的のために走ったり泳いだりを続けているのではないし、だいいち、鍛練という言葉など頭の隅にも浮べたことがない。当時、ぼくが酔っぱらいの自慢話を、まるまるの与太ではないにしても話半分くらいに聞き流したのは、そういう理由からである。

　しなこが初めてマンションに泊った夜、ぼくは三十分あまり時間をかけた。ふつうなら、相手の様子を観察してできるかぎり歩調を合せるのだが（一ヶ月前の最初の夜は十分くらいで終点だったように思う）、このときはただ枕もとの目覚しで測りながら半時間、女をぐいぐい引っぱりまわすことに努めた。もし第三者の眼があれば、ぼくがしなこを虐《いじ》めたくてそうしているように映ったかもしれない。終ったあと、さすがにしなこは物も言えず、まるで拷問を耐えぬいた女囚みたいに素裸のままベッドに腹ばいになっている。一つには、女の気まぐれからぼくの規則的生活を守るためにも怪物性を誇示しておきたいという気持があった。若い女の我儘《わがまま》な好奇心など一ひねりでねじ伏せてしまえることを、いまのうちに見せつけておいた方がいい。しかしもう一つ、ひさしぶりに自分の寝室のダブルベッドを使ったということで、その最中に、頭の後ろの方をかりかり引っ掻きつづけている記憶のせいもあったような気がする。このダブルベッドは十三年前、ぼくにマンションを買い与え、ぼくの生活全体を監視下におこうと企てた女実業家からの贈り物である。彼女がぼくに対して要求したのは、自分がいつでもそう望んだときにぼくが受け入れの態勢にあるという一点だった。むろんその要求は（マンションや家具一式の見返りとしても）度を超えている。ぼくの周りでは常に、次から次へと新しい女が現われては消え渦を巻いているのだから。女実業家は当時すでに四十歳を過ぎていたが、自分がその渦の中に足をつっこみ流されていることをなかなか理解しようとしなかった。彼女はぼくに向けて、嫉妬という役立たずのロープを投げてみせた唯一の女性である。そのために興信所の探偵が雇われ、ぼく（と何人もの女たち）は四六時中、尾行されることになった。本人から突きつけられた七十頁《ページ》にもおよぶ報告書をいまでも憶えている。その中には、驚くべきことに、待ち合せの場所で二人が交した短いやりとり、二人でとった夕食のメニューから、女の髪型、服装、靴の種類、出身校、勤め先、家族構成、二人でのぞいた絵画展の客の入り具合、二人で遊んだボーリングのスコアまで、日付や分刻みの時刻とともに記録されていた。それからまもなく新しい部屋を自分で探し、彼女から逃げるかたちでマンションを引き払ったのだが、そのときぼくは探偵の有能さに感嘆することも忘れて、ただただ女の底力とでもいうべきものに恐れ入っていた。それ以来である。ぼくは本気で、女たちとの交渉まで日課の中に組み入れようと努力を重ねてきた。寝ることには快楽だけが付き添っていて、他には爪の先ほどの意味もない。ぼくに近づき、ちょっかいを出したがる大勢の女を受け入れることは、規則に従った毎日のなかの甘い一部にすぎないのだ。だからそれ以来、渦の中心に向って無謀な助け綱を投げかけかねないような女の気配については、しじゅう警戒を怠らない。というようなことをその最中に改めて思い出しながら、ぼくはしなこと三十分間つづけたのだ。彼女にとってその後半は、たぶん苦痛に近かっただろうと想像できる。

しなこが眼を開いた。腹ばいになったまま顔をあげる。首の付根のあたりの肉が盛りあがる。すぐ横で枕に背中をあずけているぼくに気づくまで何秒か要した。毛布をかきあげてもぐりこみ、すり寄って来ながら、低い嗄《しやが》れ声で歌うように女は言った。

「トロトロトロ、トロトロトロトロ」

「眠ってたのか？」

「溶けてたの。もう寝る時間？」

「十五分過ぎてる」

「あした六時に起きられるかしら」

「きみがもう少し離れて眠ってくれればね」

毛布の陰でしなこは、口の中にたまった泡を吐き出すように笑い声をあげ、いっそうすがりついてくる。

「ミィミィミィ」

「何してるんだ？」

「子猫がおっぱいを欲しがってるのよ。うちのモモに三匹生れたんだけど、一匹だけもらいてが見つからないの。慎之介さんもらってくれる？」

「いらない」

「とっても可愛《かわい》いのに」

「生き物は嫌いなんだ」

女のうごきがしばし止《や》み、やがて伸びあがるように、毛布から顔をのぞかせた。

「あら、あたしだって生きてるわよ」

「もう寝かせてくれないか」

「いつもそうやってすわって寝るの？」

「こうやって、一日の反省をしてから寝る」

するとと女はぼくの胸から左の腕へ、そこから枕の空いた部分へとだんだんに頬をずらして後ずさり、しまいに行儀よく隣に横たわった。

「あたしみたいな女とつきあったことを反省するのね？」

「………」

「あたしね……」

「ゲジゲジ」

「あたしの眉毛のこと？」

「そう」

「りりしいでしょ？」

「鼻筋も通ってるし」

「よく見て。上の方は筋が細くてすっきりしてるけど、小鼻の肉が厚すぎない？」

「上唇は薄くて形がいい」

「下唇が重すぎるから」

「顎《あご》の先がとがってってきゃしゃに見える」

「耳たぶの下まで頬がふくらんでるわ」

「目はきれいな二重で、アーモンドをふくらませたような形をしてて……」

「あたし、他におつきあいしてる人がいるの」

「……だろうね。ふちに隈《くま》ができてる」

「きっと疲れてるのよ。どうしてわかるの？」

「なんとなくそんな気がした」

本当を言うと、ぼくにちょっかいを出す独身の女はたいがい二通りなのである。恋人がいてうまくいっていないか、それとも二三ヶ月先に結婚が決っているか。女に浮気されるのがいやなら、大事に扱ってしかも婚約はしないことだ。ぼくはいったん腰をあげて部屋の照明を落し、それからまたしなこの隣に並んで横たわった。

「怒らない？」

「怒らないよ。彼と別れたいと思ってるんだろ?」

「二人いるの」

「ふたり?」

「ごめんなさい」

「べつに謝る必要なんかないさ。あした話そう」

「ほんとはずいぶん迷ったのよ、慎之介さんが電話をくれないから。あたしから連絡をとった方がいいのか、このまま終りにした方がいいのか。でもやっぱり忘れられなかったの。電話をかけてみてよかった」

「………」

「慎之介さんがほんとに一人で暮してるなんて思わなかったわ」

「ときどき通ってくる女がいるかもしれないぜ」

「うそ」

「どうして」

「わかるの。あたしそういうことは鼻がきくから」

「話はあしたにしよう」

「眠れそう?」

「たぶんね」

しかしその晩、ぼくの寝つきは悪かった。しなこの万力《まんりき》で締めあげるようなひどい歯ぎしりに悩まされたせいもある。が、それよりもぼくじしん、自分で気づかぬうちによほど疲れていたのだと思う。翌朝、起きたときには八時を過ぎていた。これはぼくが目覚しのベルをかけ忘れたのではなくて、きっとしなこがスイッチを切ったのに違いない。しなこはとっくにベッドを抜け出していた。ぼくは枕を拳《こぶし》で叩《たた》きつけ、彼女をなじるつもりで台所へ向ったのだが、そこにも姿は見つからなかった。代りに、テーブルの上に灰皿を重しにして手紙が置かれ、雨降りに走ると風邪をひくから起さないというようなことが短く書きとめてある。寝室に戻ってカーテンを引いてみると、なるほど外はほの暗く、窓にいくつもの水滴がにじんでいた。

九時半から五時半までいつものように働き、七時にスイミング・クラブに出向いてみたが、そこにもしなこは現われなかった。いつものように一キロ半泳ぎ、夜はベッドに寝ころがって日本文学全集の20永井荷風の巻の続きを読んだ。ときおり思わず耳をすますことがあったけれど、ドア・チャイムの音だと聞いたのは空耳で、誰からの電話も鳴ってはいなかった。雨は小降りになっていた。ぼくは翌朝まちがいなく六時に起きるために、目覚しをセットした。そのときは、まさかそれが最後のおだやかな夜になるとは知らずに。

「ゆうべは電話できなくてごめんなさい、ほんとは慎之介さんの声が聞きたくてたまらなかったのよ。慎之介さんもきっとあたしの電話を待ってるだろうなって気がかりだったけど、それどころではなかったの。雨のなかを車で烏帽子岳までのぼってね、ううん、あたしが好きでのぼったんじゃなくて、彼の車で。夕方、お仕事がひけたときには、もう決心を伝えようって心に決めてたから。だから、どきどきしながら、あたしから電話をかけて呼び出したの。そしたら彼が車で迎えにきて、なんとなく察したんだと思うわ、頭の悪い人じゃないから、二人きりで静かに話せるところへ行こうって、変な意味じゃなくてよ。ほんとね、雨がまだざあざあ降ってたからちっとも静かじゃなかった。車を止めてもワイパーはジーコジーコ動いてるし。誰か好きな男ができたんだろう？　彼の方から先に訊《き》いてくれたから、あたしは黙ってうなずいただけ。ハンドルにこうやって両手をかけて、そうか、って一言だけ答えて、あとはじっとうなだれてるの。ああ、泣かれたら困るなあって思って見てたら、男の人ってやっぱりああいうとき泣くのね。泣きながら、どうしてもか？　って訊かれて、あたしは優しくすればするだけあの人のためにならないと思ったから、心を鬼にして、ごめんなさい、あたしの気持はもう変らないわ、ほらローソンじっとしてなきゃだめよ、もうすぐミルクができるからね、ミィミィミィ、慎之介さんお湯をあんまり熱くしないで、ミィミィミィ、わかってるわよ、おっぱいが欲しいんでしょ？　それでね、あとはそのくり返しなの、ほんとよ、信じないかもしれないけど夜中の一時まで、あちこち車で走りまわって止るたびに泣かれたわ。彼がしくしく泣くのを見てたら、なんだかあたしまで悲しい気分になったけど我慢してた。だってあそこで憐《あわ》れんだらもとに戻って苦しむだけだもの。彼と慎之介さんと、もう一人の彼との板ばさみで、この一ヶ月ずいぶん悩んだのよ。御飯ものどに通らないくらい。仕事だってうわの空で失敗ばっかりだったし。頭の中を慎之介さんの顔や声や……いろんなものがくるくるまわってて、結局、他のことが手につかなかったの。やっぱりあたしは慎之介さんのことが忘れられない。夢に見るほど好きなんだわ。だって完璧なんだもの、あたしがいままで知ってる男のなかでいちばんなんだもの、ねえローソン、よかったねえ、名前つけてもらって、世界中でいちばん好きな人と一ヶ月も会えないなんて、そういうのってリフジンって言わない？　そう思ってあたしゆうべは耐えぬいたの。もうこれ以上、慎之介さんに会うために苦しまないように。夜中の一時まで、車のなかにすわりづめでつらかったけど頑張ったの。彼も最後には諦《あきら》めて、わかったよって言ってくれたときはホッとしたわ。あたしの家まで送ってくれて、別れ際にね、男らしく身を引くけどおまえのことは一生忘れない、いつでも待ってるから戻って来ていいって、いい台詞でしょ？　けっこう泣かせるじゃないと思ったけど、でもあたしの頭には慎之介さんしかいないから、そのくらいの言葉ではホロホロって泣けないのよね。ベッドに入ってもなんだかうきうきして寝つけなくて、だって一つ大きな方の苦しみが消えたんだから、朝いちばんに慎之介さんに報告しようと思ったんだけど、慎之介さん今朝は晴れてるからマラソンだろうし、走ったんでしょう？　昼間は日曜もお勤めだろうし、喜びをおさえてあたしも仕事をかたづけて、ついさっき家に帰ったら子猫がミィミィミィ……さあ、もうじきおっぱいがきますよ、ローソンがさみしそうに泣いてたから、あなたも一緒に来る？　って訊いたらフンフンってうなずいたのよねえ？　だからあなたもお祝いについていらっしゃいって、ワインと一緒に車にのせて飛んできたの、ほらおっぱいがきた」

子猫に与えるミルクの適温は35〜45℃である。説明書にそう書いてある。それをどうやって飲ませるかというと、むろん哺乳ビンを使うのである。猫用の粉ミルクがあることはまあ想像できなくもないが、猫用の哺乳ビンとは思いもかけなかった。

日曜の夜、八時。ぼくは例のスナックのママと、一汗ながして帰って来たばかりだった。ドア・チャイムが連打されたので、胸さわぎをおぼえて出てみると、片手で子猫を抱き片手にスーパーの買物袋をさげ小脇にワインをはさんだしなこが立っていたというわけだ。子猫のミルクのあとがわれわれの食事である。ミルクをぬるま湯に溶いて哺乳ビンに詰めるまでがぼくの係で、レモン・ステーキはしなこがこしらえる。

段取りはむこうが決めた。こっちは気合い負けだった。なにしろ相手は喜びに声も動作も弾んでいるのだ。玄関のドアを開け、今夜は派手な芥子いろではなく落ちついたキャメルのコートに身をつつんだ女の姿にまず肩すかしをくらい、次にうながされて脇から赤ワインを抜き取り、続いて生後三十日ほどの子猫を渡され、おろおろしながら台所の方へ後退するうちに、いつのまにか相手の言うなりに動いている。「両手で抱かないからあぶなっかしいのよ」「ワインをテーブルに置けばいいじゃない」「おなかがすいてるんだと思うわ、わるいけどお湯をわかしてちょうだい」「あたし夕飯をつくるから、その間は慎之介さんが見ててね」「そうそう、この子まだ名前がないの」名付親に指名されたので、ぼくは不承不承、考えて、「米八でいいんじゃないか？」「失礼ねえ、もっと女の子らしい名前をつけてよ」「じゃあローソン」「どこが女の子らしいの？」しかしひとまずそう呼ぶことに決った。ちょうどそのとき子猫がしなこの泣きまねに似た（ただしもっとかぼそく、もっと透き通った）声をあげ、その声をしなこが、あたしの名前は米八でもローソンでもいいから早くミルクをちょうだい、というふうに翻訳したからである。

子猫の体重はおそらく五百グラム足らずだと思う。大きさは尻尾《しっぽ》をつまんで伸してもジョギング・シューズにすっぽりおさまるくらい。眼は精密に描いたようなアーモンド形で、直径五ミリほどの瞳は黒く、人間の白眼にあたる部分は緑がかった灰いろである。毛は濃い灰いろと淡い灰いろのまだらで、裏返しにしてみると（子猫はいやがってもがくが）腹の部分は真白な毛でおおわれている。片方のてのひらで背中をささえてやり、哺乳ビンを近づけると、飲み口に前脚二本を添え眼をつむってうっとりと飲む。一センチ程度の柔かい管になった乳首を嚙むように飲みつづける。口もとを押し開いてみると（これもいやがって泣くが）糸鋸《いとのこ》のような歯並びと鮮《あざや》かなピンクの尖《とが》った舌がのぞいた。飲み終ったあとは一つ二つあくびをし、鉤《かぎ》形に曲げた脚の毛並を舐《な》め、てのひらの上でまるまって眠りに入る。持ち上げて、鼻先を白い毛皮のなかへ脆《もろ》い骨組を感じるまで埋《うず》めてみたが、心配したような悪臭はない。ゆすっても起きないのを確かめてから寝室へ運び、ベッドの毛布の上に置いた。しばらくそばに佇《たたず》んで見守っていたが、十字に交した前脚の間に顔をはさんだまま動かなかった。

　そんなふうに初対面の子猫にかまけていたので、じっくり観察したわけではないが、しなこが夕食をつくる手際は思ったより良かったようである。時間にしても三十分とかからなかった。おそらく土曜の雨の朝、書き置きをする前に冷蔵庫を開けて、何と何が十分で何が不足か材料を調べていたのだろう。献立はレモン・ステーキに玉葱《たまねぎ》のスープに自己流のドレッシングであえた野菜サラダ。味はさっぱりとして申し分がないし、だいいち料理ができあがったあと流しの付近がきれいに片付いているのがぼくの趣味に合う。その辺をほめてやると、しなこは素直に喜んで、一年半くらい姉と姉の親友と三人で一軒家を借りて暮しているのだが、夕食の仕度は持ち回りの当番制なので腕が上がったのはきっとそのせいだという。ぼくは聞き咎めた。ママはいったいどうしたんだ？　しなこはあっさり「母は父と一緒よ」。ぼくはにがりきって、黙々と料理をたいらげた。食後にコーヒーをたててひとしきり、その二つ年上の猫好きの姉と、猫嫌いの同級生にまつわるエピソードに花を咲かせる。どうもこの手の話題は苦手なのでうまく相づちが打てず、話が一つ終るごとに沈黙がちになる。食卓をはさんで向い合い、黙ってるのも居心地が悪いから、家族の線にすがって両親のことを訊ねる。この街から車で二時間くらいの土地で旅館を経営しているそうだ。会うたびにコートやバッグが違うのはその旅館が繁盛しているのか、あるいは姉と共用なのかもしれない。行きがかり上、こちらの家族のことも話すことになる。同じ街に住んでいる両親と二人の兄。もちろんどちらも結婚して大きな子供がいる。話が一段落するとしなこは洗い物に立ち、ぼくは手もちぶさたなので、台所の椅子で永井荷風の続きを読む。『腕くらべ』を読み進むうちに目覚めた子猫が寂しがって泣きはじめる。寝室へ走ってみると、子猫はおぼつかぬ足どりで毛布の山を越え谷を下り、ベッドの端までたどりついていまにも転げ落ちそうである。驚いて掬《すく》いあげ、台所へ戻ると、しなこが焦茶《こげちゃ》いろの大ぶりのバッグの中からこんどは脱脂綿を取り出してみせる。おしっこをさせるのだという。椅子に腰かけ、子猫の首ねっこを容赦なくつかんで仰向けに膝の上に寝かせ、股の間を脱脂綿で軽く連続して叩く。腰を左右に振ってむずかっていたのが、いっときおとなしくなり、白い綿がみるみる灰いろに染みて重くなる。しなこにせかされて、脇から新しい脱脂綿を差し出す。子猫がふたたびミルクを欲しがって泣く。ぼくがふたたび粉ミルク缶を開け哺乳ビンの目盛りを読む。薄ら寒い台所で食卓をはさみ、女は子猫にミルクを与え男は古い小説を読みふけるというのもなんだか気味が悪いので、ようやく思い出してしなこの恋人の話をきり出した。大きな苦しみとなっていた別れたばかりの彼の方は、しなこより三つ年上の歯医者で、昨年の夏、職場の同僚に紹介されてつきあうようになった。姉も彼のことは知っていて気に入ってるし、むこうの親にも会ったことがある。周りの誰もが二人は将来結婚すると思っていたに違いないので、別れたと聞けばきっとみんな驚くだろう。実は今日もデパートに彼の母親から電話があって、涙声で理由を聞かれたそうである。しかし理由といわれても彼じしんがどうこうで愛想づかしをしたわけではないから、何と答えていいのかとても往生した。「他の男に取られたなんて、やっぱり自分の母親には言えないのかしら」それからもう一つの小さい苦しみの彼は、ぼくとそう年の変らない妻子持ちの警察官である。こちらとは一年以上つづいている。免許証の更新に行ったとき親切に応対してくれたのがきっかけで、男の方がデパートへ化粧品を買いにやってくるようになった。そのうちに食事に誘われ、断れないでいるうち深い関係になってしまったのだが、歯医者の恋人ができてからは、そのことを彼にも打ち明けて徐々に会う機会を減らすようになったし、しなこが別れたいときにはいつでも別れると二人の間ですでに話がついている。いままでは一ヶ月に一ぺんか二へんくらい、男性用の洗顔クリームや化粧液やパックを彼が買いに現われてしなこが承諾したときだけの交際だそうである。しかもこの一ヶ月いちども承諾しなかった。

喋り終るとしなこは、まるで最後の一言をぼくが疑っているとでも言いたげに正面から睨《にら》みつけて、本当なのよ、と付け加えた。ぼくはゆっくり二度まばたきをして苦笑いを消し去り、カップの底に冷えきったコーヒーの残りをすする。子猫はしなこの膝で眠っていた。しなこはもちろんこのまま眠った子猫を連れて帰りそうにもなかった。浴室へ立って、バスタブに湯をためることにする。どちらかが先に入るか、それとも、と訊ねる前に、問題は、ぼくには子猫をどこに寝かせるかという点にあるように思われる。しかししなこは一笑に付して、ベッドで一緒に寝るのだという。そのための姿勢を、寝室へいって二人で研究しているうちに自然にそうなっていた。

……枕もとの時計でちょうど十二時を確かめ、しなこの肩をつかんで揺り動かした。壁際の本棚のそばで、女物のセーターにくるまった子猫がまた泣いている。しなこはおとといの夜と同じように腹ばいのまま頭をもたげ、ベッドの脇に立ったぼくを振り向いて、喉《のど》の奥の方で唸《うな》るような吐息をついてみせた。

「お風呂、あふれてたでしょう？」

「きみも寝る前に浴びてくるといい」

「だから途中で止めてくるように言ったのに。もったいない。ねえ？」

しなこは子猫に向ってせいいっぱい腕を伸し、指先を揺らしながら言った。

「ほんとうは、慎之介さんにも一つだけ欠点があるのよ」

「お湯の無駄使いが欠点かい」

「ちがうわよね？　ローソン」

そこで女はベッドを降り、子猫を裸の胸に抱きあげて、人差指と中指で額を撫でてやりながら、

「このひと激しすぎるの」

秘密を囁《ささや》くようにそう言うと、爪先立ちで風呂場の方へ駆けて行った。

やがて風呂場から、絶え間なくつづく女の笑い声と、それにまじって幼い獣の泣き声が伝ってきた。バスルームと向い合った洗面所で歯をみがくついでに、閉りきっていないドアを細目に開けてのぞくと、肩まで湯につかったしなこの横顔が見えた。うなじの辺の髪はすっかり濡《ぬ》れているし、前髪も湯気に湿って広い額に貼りついている。が、おかまいなしに彼女は腹の底から笑っていた。女の両手で捧《ささ》げ上げるように空中に置かれた子猫は、濡れそぼった毛並のせいで一回り小さくなったようだ。首にまわ

った女の指を、まるで糊《のり》のききすぎたカラーのように嫌がって眼を見開き、四肢を突っぱり、身をくねらせようとして思うにまかせず泣きわめく。しなこはそれでも笑いつづける。彼女の笑顔は、この虐待を冷酷に楽しんでいるかのように、あるいは次の瞬間、むずかる子を懸命にあやしつづけるようにもぼくの眼に映った。

その事件が起きるまでに、しなこはぼくたちの出会いから最初の夜までを二度、思い出して語った。一度めと二度めとの間には、たとえて言えば初版と改訂版といったくらいのわずかな、そして意味深い表現の違いがみられる。そのことはぼくを苛立《いらだ》たせた。

一月の末、クラブの温泉プールで二人は出会った。出会ったといっても、ぼくは長年プール通いをつづけているわけだし、しなこの方は年の始めの気まぐれにクラブに入会して三週めだったから、別にその日でなくとも一週間前、二週間前にもすれ違っていて気づかなかっただけかもしれない。プールサイドで、すれ違いざまにぼくが笑いかけたと一度めのときしなこは話し、改訂後は、お互いに近づきながら五秒くらい眼と眼を合せ、ほんの一メートルの距離になったときぼくが笑ったので自分も笑い返したと、よりくわしくなった。ぼくが先に笑いかけたということに関しては、たぶんしなこの記憶にまちがいはないだろう。見知らぬ女性がそばに寄ったときには、どんな場所でも場合でも笑顔を見せるのがぼくの習慣なのである。ぼくの方の記憶では、まっ黒だか紺だか花柄だかはっきりしないがとにかくワンピースの水着を着た女が、まっすぐに伸びた長い脚で、ばねの強そうな足取りで、やや外また気味に颯爽《さっそう》と歩いてくるのを眼に止め、すれ違ったあと、やけに細いウェストとそのぶん左右に張り出して肉付きのよく見える尻の形を眼に焼きつけた。四つん這《ば》いにして後ろから眺めれば、まるでアルコール・ランプみたいだろう。しかしそのことをしなこは知らない。彼女の思い出話は、クラブの出口でぼくが夜空を見上げて困ったような表情を浮べているところへ場面を変える。外は雪だった。が、雨ならまだしも、いくら傘を持たないからといってぼくが困っていたというのは脚色がひどすぎる。これから先の記憶がほとんど曖昧《あいまい》なのでしなこには黙っていたが、降りしきる雪の程度を計るためにたぶん街灯でも見上げていたのだろう。そこへ女が傘をさしかけた。行先を訊ね、バス停までなら送ると申し出る。男は断らなかった。距離にすれば百メートルほどを、二人とも黙々と歩いたというのが一度めのときの話である。二度めは、そのときにお互いの名前だけは教え合って、他に喋ることがないのでときどき黙って視つめ合いまたそっぽを向きながら歩いていったと改められる。自分の車を置いた駐車場へ戻る途中で一度だけ振り返ると、男はバス停に立ってじっとこちらを眺めていた。雪にさえぎられ、しかも遠くてよくわからなかったが、男の顔は笑っているようだったし（この後は初版にはなかった）確かにいちど片手を上げてくれたので自分も同じ仕草でこたえた。

そして翌日、しなこの言い草を用いれば偶然がふたたび二人を引き寄せる。彼女は妻子持ちの警察官との待ち合せまで時間をつぶすためにアーケイド街を歩いていた（一度めのときは、ただ目的もなくぶらついていた）。ぼくは勤めが終ったあと、長いこと貸し出し中で読めなかった全集本の残りの一巻を図書館で借りて帰る途中だった。アーケイド街を往来する群衆の中から、一眼で二人はお互いを捜しあてた。歩み寄り、先に笑いかけたのは男の方である。進行方向を変えたのは女だった。二人は夜の七時に近い真冬のアーケイド街を、肩を並べて歩きはじめる。ぼくはローソンで着ていたのと同じチェック柄のジャケットに臙脂《えんじ》のマフラーを巻き、しなこはクリームいろのロングコートでやはり紫の手袋をはめていたそうである。男が片手にむきだしのまま持っている本のことを女は訊ねる。男は著者の名前とタイトルを答える。ジョージ・ガモフ『トムキンス最後の冒険』。結局この本のおかげで、二人は前夜とちがってさかんに喋りながら歩くことができた。女はロシア生れの物理学者が一般向けに書きおろした著書を翻訳物のミステリーと勘ちがいしたのである。

アーケイドがつきると、日中は止んでいた雪がまたちらついていた。右手の国道沿いの公園の方に眼をやると、オレンジや黄いろや白い光がちらちら瞬《またた》くあたりに人だかりがしている。二人はどちらからともなく、闇の彼方《かなた》の閃光《せんこう》に誘われたように石畳の公園に歩み入る。角に設けられた屋根付きのステージの上でアマチュアのロックバンドが演奏していた。立見の観客は寒さと降り出した雪のせいか思ったよりも少ない。スピーカーを通した楽器の音はひび割れ、途中で一瞬とぎれたりしてお世辞にも上手とはいえないし、曲目は男にも女にもなじみのうすいものだった。楽器の演奏と同じようなレベルでボーカルの声が聞こえ出したときには、女はすでに関心を失《な》くして、ステージとは反対側にそびえ立つ美術館の建物を振り仰いでいた。ステージの照明が最上階近くの壁まで届いていて、そこへ降りかかる雪を赤や黄に染めるのがとてもきれいだったからである。それから女は二つのことに気づいた。男も同じ方向を見上げていること。男の手と自分の手がつながれていること。二人はゆうべからもう何度めかに眼と眼を合せる。演奏がいきなり終り、周りでまばらな拍手が起る。女は手を放し、時刻を訊ねる。男は薄い闇のなかで腕時計を読む。待ち合せの時間が迫っていた(もちろんこの部分は初版では省略)。女はさっき歩いてきた方角へ戻りはじめる。男は逆に、国道側のバス停へと向わなければならない。歩きながら女はためらっていた。警察官との不毛な関係にはできるならば一日も早く終止符を打ちたかった。それができないのは自分が弱いためだろうか。それとも歯医者の恋人に何かが欠けているためだろうか。なおもためらいながら女は数歩、歩き、そしてふいに誰かが名前を呼ぶ声を聞いたような気がして後ろを振り向いた（このあたり一連も改訂版のみ）。男は一歩も動かずに待っていた。女の頭の中で同じ声が聞こえる。戻っておいで。女は思わず一歩、男の方へ踏み出す。男の顔が安心したようにほころぶ。それから二人は互いの距離を縮めるべく歩き出し、途中から申し合せたように駆け寄ってふたたび手と手をつなぐ。肩を抱いた男が耳もとでただ一言、行こう、と囁いた。激しくなった雪が、寄り添った二人のまわりで花吹雪のように舞っていた。

というような話を二度めに語り終えたとき、しなこは、あの夜はまるで映画のシーンのようだったわねと同意を求め、ぼくの苛立ちをいっそうつのらせた。その映画はいったい何という題名で誰と誰が出演したのかなどと、相手を困らせるだけのために問い詰めると、それは忘れてしまったけど、なにしろ恋愛ものよ、としらじらしい答が返ってくる。しなこの記憶通りだとすれば、ぼくたちはまるで運命の糸で結ばれた恋人どうしである。そして考えてみれば、しなこの改訂版の記憶を、まるっきり嘘っぱちだときめつけられぬ弱みがぼくの側にないとはいえない。あの夜、雪が降っていたのは憶えているし、石畳の公園で素人バンドがズンジャカズンジャカやっていたのもなんとなく憶えているし、そんなことよりとにかくぼくは彼女をホテルに誘って寝ているのである。その点こそはまぎれもない事実で、ただ、その点へ至る過程を重点的に記憶するか、その点のみを記憶に留めるか、両者の違いがしなことぼくの違いだと考えれば、花吹雪のように雪が舞うまるでメロドラマのワンシーンをあながちでたらめとばかりも言えない……言えないような気がしてくる。ぼくは苛立った。苛立っているうちに、妙案を思いついた。メロドラマの甘さは苦い笑いのコメディで相殺すべきだ。ちょうどあのあとで、眠りにつく前にベッドで話していたということもある。すでにしなこは、雪の夜、ホテルのいじわるなフロント係がツインにするかダブルにするかと訊ねるところまで話を進めていたけれど、そこへ、ふと思いついたという感じで割って入り、

「前から言おうと思ってたんだけど、一人暮しの男がダブルベッドを持ってるなんて不思議だと思わないか？」

と訊ね、答を待たずに十三年前へさかのぼってベッドの由来を喋りはじめた。二十歳も年の離れた女実業家と銀行員との出会いから、一泊の温泉旅行に誘われ初めて関係を持つ場面、マンションをあてがわれ、銀行を辞め、家具やダブルベッドまで揃えてもらい、止らぬ女出入りの末に探偵に尾行された顚末《てんまつ》、ほうほうの体《てい》でマンションを逃げ出すラストシーンまで。しなこは一言も質問をはさまずにしまいまで聞いていた。喋り終るとぼくは天井の木目を追うのをやめ、腹ばいになってタバコを点けた。就寝時刻の十二時近いが、この一服は特別に許そう。枕の上で振り向く気配があって、しなこが訊ねた。

「それで、どうしてダブルベッドがここにあるの？」

「逃げるときに一緒に持ち出したからさ」

「どうして」

「古くなってわからないかもしれないけど高いんだぜ。当時で四十万近くしたと思う。高いだけあって寝ごこちがいい。一緒に寝た女たちの評判もいい。なじんでるし、手ばなすのは惜しい気がしたんだ。……それと、もう一つはいやがらせ」

「いやがらせって」

「自分が買ってやって、何べんも何べんも寝た思い出のベッドで、ぼくが他の女と寝るのを想像するのはいやじゃないか？　マンションからぼくとダブルベッドだけ消える。いい気分しないだろ？　そんなことも考えたな。何か一つでも反抗の印を残したかった」

「…………」

　としなこはしばらく口を閉ざした。だいたいこの話を聞いた女は薄気味わるがって黙るのである。

「それからも何べんか引っ越したけど、このベッドだけは捨てなかった。彼女、もう五十過ぎのおばさんだけど、いまでも思い出して身もだえしてるかもしれない」

「…………」

「つまりぼくはこのベッドに十三年間、寝つづけてるんだ。その間につきあったなかで、うちに泊った女もみんなこのベッドに寝たよ」

そして次からは二度と近寄ろうとしなかった。暗く沈んだ声で、呟《つぶや》くように女が訊いた。

「いまは？」

「……何が」

「このベッドで寝る女の人」

「それは、きみ一人だけどね」

するとは蛇の舌が震えるような笑い声を洩《も》らし、ぼくの耳たぶをつまみ、頬をつねり、

「よかった」

と言った。

「あたしで最後にしてね？」


事件はしなこがはじめてマンションに泊った夜からおよそ一月《ひとつき》後、子猫のからだが一回り成長し、緑がかった灰いろの眼が金いろへと変る頃に起った。

　ぼくは女性についての自信を失いつつあった。人がいちど覚えた泳ぎを決して忘れないように、ぼくがこれまで身につけた女性との接し方を忘れるはずはなかった。ぼくはいつものようにしなこと出会い、しなこと寝て、しなこが背を向けるのを待つつもりでいた。いままでにあらゆる女性がぼくと会い、ぼくと寝て、ぼくのもとを去っていったように。しかししなこはしぶとかった。特に二十代の未婚の女性としては異色だった。三日に一度は子猫を連れてぼくの部屋を訪れ、夕食をつくり、泊っていく。火曜と土曜にはスイミング・クラブで会い、同じコースで泳ぎ、帰りに一緒に食事をして別れる。デイトといえばその食事くらいのものである。映画にも、コンサートにも、ピクニックにも、酒を飲みにも連れては行かない。しかも夕食の材料費と週に二度の食事代を、ぼくは頑として払わない。ベッドのつきあいだけで満足なのか、よほどの好き者なのかと疑うけれども、水泳の夜は食事だけで別れるという新規則を持ち出せば素直に従う。後姿で大股に去っていく腰のラインにむしろこちらがそそられ、後を追って誘えばこれもあっさりついてくる。いつもより手間をかけ虐めぬき、こちらは確かにのぼりつめて、良かったか？　としつこく訊けば腹ばいのまま眼を閉じたまま微《かす》かにうなずいてみせるけれど、どことなく嘘くさい気もする。ただ激しいだけ、そう心のなかで思っているのではと不安が残る。もともと女性に関するぼくの自信は、女性の言葉によってささえられている。要するに、いくら長時間や回数をこなしても、当の女性がＮＯといえばそこまでなのである。ぼくの自信と女性への（ベッドの上での）信頼は表裏一体なのだ。しなこ次第で、いくらでもぐらついてしまう。

しなこは毎日、電話をかけてくる。ほとんど毎日でも、毎日のようにでもなく、連日、一日も欠かさずかけてくる。こちらからは一度もかけないが（それに対して常々不満を述べているが）、電話で一日に一度ないしは二度、互いの声を聞くということに変りはない。早朝の六時に電話で起してくれることもある。夜中の十一時過ぎに鳴って、おやすみなさいの一言で切れることもある。彼女はぼくの規則正しい生活に（その点でも異色なのだが）一応の理解を示してくれているのである。ふだんはとりとめのない内容で、ぼくの苦手とする会話だから身を入れて喋ることはまずない。次から次へとしなこが一人で喋り、ぼくの方は受話器を顎で押えて聞き流しながら、全集本を読んでいるというような場合もある。たまに、ひどく憤慨している口調なので注意を向けると、別れた歯医者が、もういっぺんだけ会ってもらえないだろうかと未練がましい電話をかけてきたとか、別れてくれるはずの警察官が約束を破ってちょくちょく勤め先に現われ、いやらしい眼つきで口説くとか、ちょくちょく現われるわりにはムースの一つも買ってくれないの、呆《あき》れちゃう、といった内容である。そういう電話にいちいち応対できる暇があったのは、ちょうど他の三人の女性の都合の悪い時期が重なっていて、一度も誘いがかからなかったからだ。海上自衛隊員は巡洋艦だか護衛艦だかの修理のためにいつもより滞在が長びき、社長の奥さんは夫が胃潰瘍でとつぜん入院し配達伝票にメモをはさむどころではないし、スナックのママはパトロンの勧めでゴルフを始め日曜ごとに「ハゲの相手して、日に焼けて、たまんないわよ」と一度だけかかってきた電話で嘆いていた。そんなふうに、しなこの電話はもはやぼくの日課のうちに組み込まれた感があり、この一ヶ月は妙な具合に過ぎていった。

配達を終り事務所へ引きあげてくると、久しぶりに海上自衛隊員の妻から電話が入って、今朝ようやく夫の船が港を離れたそうである。声が弾んでいる。七時に、すき焼の準備をして待っているという。断る理由はなかった。

マンションに戻ると台所の電話が鳴っていた。もちろんしなこからである。呼出し音を五回まで数えて、出ることに決めた。いらぬ疑惑を抱かせて面倒を招くよりも、適当にあしらっておく方が賢明だと判断したからだし、それと、そのときまでしなこの存在をすっかり忘れていたことに気づいて、女性に対する自信はほんの少し回復できたような、余裕がめばえたせいもある。

「おつかれさま。いま帰ったとこ？」

「ああ」

「どうしたの？」

「え？」

「どうかした？」

「どうもしない。ローソンは元気か？」

「きょう一緒に泊ってもいい？」

「きょうはひどく疲れてるから」

「……そう」

「あしたクラブで会おう」

「もう切るの？」

「いや。まだいいよ」

「あのね、またあいつが来たのよ」

「あいつって？」

「あいつよ」

「ああ」

「顔みるたびにだんだん嫌いになるの。髪型も服装も喋り方も、もういや。なんであんな男と、って思っちゃう」

「だろうね」

「だろうねって言わないでって言ってるじゃない」

「ごめん」

「配達、きつかったの？」

「うん。あしたクラブで会おう」

　電話を終えたあとで、受話器に手を添えたまま唇を噛んで心配してみたが、こんなふうに素気なく、しなこに言わせれば冷たく切ったことは過去に何度でもある。気にやむ必要はない。そう言いきかせてシャワーを浴びた。身仕度をすませたころには、しなこのことはまたすっかり忘れ去っていたようだ。七時十分前に、大通りまで駆け出してタクシーを拾った。


　海上自衛隊員は港を一望できる街の高台にアパートを借りている。坂道の途中にある木造の二階建てで、幅の狭い路地から入った一階のいちばん手前の部屋がそうである。扉を開けると眼の前が六畳の広さの板張りの台所、右手に風呂場と便所、奥にやはり六畳の和室が二つある。そのうちの台所と硝子戸《ガラス》一枚で仕切られた部屋の方に、すでにすき焼の準備が整っていた。

　念入りに化粧をした人妻が硝子戸を背にしてコタツに向い、彼女の右の横顔が見える位置にぼくがすわる。ぼくの背中の先には次の部屋とを仕切る襖《ふすま》が閉じている。襖を開けば華やかな色彩の客用の布団が一組、延べてあるのが眼に入るだろう。

コタツの真中にカートリッジ式のガスレンジ。その上で熱くなった鉄鍋に油が引かれる。人妻が菜箸《さいばし》を握りまず霜降りの肉を炒《いた》めはじめる。ぼくはコップに手を伸し、ビールをひとくち味わおうとする。そのとき、まったく考えられぬことが起った。ぼくたちはそれぞれやりかけた動作をしばし休め、そのあとで顔を見合せた。菜箸を握った人妻が息を詰めたまま何も喋ろうとしないので、コップを持ったぼくが、いま鳴ったのはドア・チャイムではなかったかと、低く声に出して訊ねる。人妻がうなずく前に、正解を告げるようにふたたびチャイムが鳴る。人妻が何かを決意したように菜箸を放した。ぼくはコップを置き、次の部屋へ隠れた。

しかしまたすぐに襖を開けてもとの部屋へ、半分ほど開いた台所との仕切りの硝子戸のところまで忍び足で歩くことになる。つまり、玄関から聞こえてくる声が女二人のものであることに、そしてその一方がどうやらしなこのものらしいと気づくまで、それほど時間はかからなかった。硝子戸の陰に身を隠し（むこうから透けて見えるということにそのときは思い至らない）、首だけのぞかせてみると、正面のあがり口に子猫を抱いたしなこが立っていた。人妻が背中で気配を察し、横向きに脇へどいて、まるでぼくに見知らぬ女を紹介するかのように、しなこの方へゆるゆると右手を差し示す。しなことぼくは三メートルほどの距離をおいて顔を見合せた。しなこは茶いろの地に赤や黄や緑のジグザグ模様入りのゆったりしたセーターを着ていた。ぼくのセーターは薄手だがやはり茶系だった。偶然なのだが、人妻はお揃いだと勘ちがいするだろうか。しなこに比べればずっと小柄な人妻の服装は、白いブラウスにピンクのカーディガンに黒のタイトスカート。しかし女たちは身なりのことなど気にかけてはいなかった。しなこは一瞥《いちべつ》で、ぼくの上唇のあたりにうっすらと残る口紅の跡を認めていたのだ。人妻がそれに気づいて、うつむき加減に手の甲で唇を撫でてみせ、ぼくはその仕草からさっきコタツに入るまえ二人でほんの挨拶代りに交した行為を振りかえり思わず片眼をつむる。そういうことだったのね、としなこが妙にしらけた声で言った。ぼくの喉もとへ、この三十六年間に習い覚えたいろんな種類の言葉が押し寄せ、先を争って揉み合う。どうも電話の様子がおかしいと思ったのよ。

「つけたのか？」という言葉がぼくの口を突いて出た。「興信所の探偵みたいに、後をつけたんだな？」

「そうよ。あんなにあわててタクシーに乗るから、あたしが道の反対側に車を止めたのにも気づかないのよ」

「なぜそんなことをする」

「それはあたしの台詞だわ」

顔をしかめた人妻がぼくを振り向いて、御近所の眼があるからもうすこし小さい声で喋ってと頼んだ。しなこの腕に抱かれた子猫が首をひょいと伸し、金いろの眼でぼくを睨みつけ、一月前からは思いもつかぬ大人びた泣き声をあげる。

「いったいぼくが何をしたっていうんだ」

「この女のひとは何なの？」

「彼女はぼくの……」

と説明しかけて、またしても喉もとで言葉どうしの戦争が始まるのを感じる。人妻が眼付でぼくを咎める。

「彼女は自衛隊の奥さんだよ」

「人の奥さんと浮気をしてたのね。いったいいつから」

「ちょっと待て。浮気？　浮気って何のことだ」

「そうじゃないの、あたしを電話でごまかして、口紅なんかつけて喜んでるじゃないの、二人でいままで何してたのよ」

ぼくはとりあえず手の甲で口もとを拭《ぬぐ》ってから言った。

「どうして浮気なんだ、きみはぼくの女房なのか？」

「あたしは慎之介さんの恋人でしょ？」

「恋人。冗談じゃない」

「じゃあ何なのよ」

「こっちが聞きたいね」

「あたしは、慎之介さんを愛してるわ」

ぼくはこのときしなこではなく、人妻の方に視線を向けて、苦笑いを浮べてみせた。

慎之介さんはあたしを愛していないのかとしなこが訊ねる。愛などという現実味のうすい言葉がぼくの気持を少し落ち着かせる。これは茶番だ。観客の反応だけが気になる。人妻は首を振り振りぼくが立っている部屋の方まで戻って来て、コタツに入りなおした。

「悪いけど帰ってくれないか」

「いやよ。慎之介さんが一緒に帰るか、あたしが死ぬかどちらかにして」

「なあ、どうして死ぬなんて言葉がそう軽々しく使える？」

「軽々しいなんて。あたし、本気で使ってるわ。ローソンと一緒に死んでやるから」

「落ち着けよ。落ち着いてよく考えてみろよ。どうして猫まで巻きぞえにする。きみはぼくの何を愛してるんだ。セックスだろ？　巧くて強いことだけだろ？　な？　そんなもの男の値うちに入らないぜ。他に男として大切なものがあるはずなんだ。なぜそれに気づかない？　ぼくなんて神経質でケチで冷たくて」

「あたしを殺したいのね？」

「もっときみにふさわしい男がいると言ってるんだよ」

「ふさわしい男なんていらない。慎之介さんがあたしにとって最高の男だもの」

「嘘だ」

「嘘じゃないわ」

「歯医者の恋人のとこへ帰れ」

「ねえ、焼きもちをやいてるの？　あたしが喋らなくていいことまで喋ってしまったから、それで怒ってるの？」

「………」

「彼とはもう本当にきっぱり別れたのよ。それからもう一人の」

「ばかな。いったい何の話なんだ。どうしてぼくがきみに焼きもちを……くだらない。帰れよ」

「わからないの？　いま帰れっていうことはあたしに死ねということなのよ」

「ああ、どうでもいいから好きにしろ。ただし、猫には何の罪もないんだから、死ぬなら一人で死ね」

「じゃあ死ぬわ」

そこでぼくは硝子戸をぴしゃりと閉め、もとの位置に戻ってすわりなおした。戸の向うでしばらく沈黙が続き、それから玄関の扉が開く音が聞こえ、また閉じる音がしてしなこは出ていった。ガスレンジの炎は消えていた。冷えた鉄鍋の中でまだ赤みの残る肉片が幾つも反《そ》りかえっている。追いかけたほうがいいんじゃない？　人妻がティッシュ・ペイパーで口紅を落しながら言った。はずみで死なれちゃったら寝覚めが悪いわよ。

翌朝、次のようなニュースが地元の新聞の片隅で報じられた。

昨夜、八時ごろ、青柳町の岸壁で男女が海中に転落した、と西海署に通報があった。署員がかけつけたところ、二人の車は岸壁に駐車されていた。通報したタクシーの運転手の話では、猫を抱いた女性がまず飛び込み、そのあとを男性が追いかけたという。心中事件とみて捜査したところ、およそ一時間半後に、近くに停泊していた護衛艦の乗組員に救出されていたことがわかった。男性は市内の本屋店員竹本《たけもと》慎之介さん（三六）、女性はデパート勤務水沼姿子さん（二四）と判明。

係員の事情聴取に対して、二人は口をそろえて「心中ではありません」。水沼さんが竹本さんの交際相手について〝追及〟したところ、竹本さんが認めたため、水沼さんが猫と一緒に自殺をはかり、これを助けようとしたらしい。とんだ人騒がせな心中た。（？）事件に、係員は苦笑いをしながら、いちばんの災難は風邪をひいた猫だと語った。

しかしこの記事のおかげでいちばんの災難をこうむったのはぼくである。第一に、名前が出てしまったせいで勤め先にいづらくなり、大切な日課の一つを失うことになった。第二に、記事の内容をどう誤解したのか、あなたが心中事件を起すなんて信じられないわという知り合いの女性からの電話が一日に何本もかかり、そのたびに鼻をすすりあげながら言い訳に努めなければならない。猫がほんとに風邪を引くのかどうかは知らないが、ぼくの方は本物で、十三年めにして初めてランニングと水泳をまる一週間休むことになった。それからもう一つ、警察から連絡をうけたしなこの姉が、駆けつけて事情をよく確かめる前に実家に電話を入れたせいで、夜中に青い顔をして車を飛ばしてきた両親の前で手をついて謝るはめになった。あの夜、救急病院の待合室で、穏和な性格の母親が間に入って夫をなだめてくれなければ、ぼくはまちがいなく生れてはじめて男の拳で殴られていたと思う。

一方、しなこはといえばあまり懲りた様子も見られない。とうぜん、彼女も勤めをやめざるを得ず、いったん親もとに帰って脚の怪我《けが》（本人に言わせればかすり傷程度）の治療に専念することになったのだが、いまだに毎日、父親の眼を盗んで電話をかけてくる。ぼくに対する気持はちっとも変らないそうである。いまでも慎之介さんはあたしにとって世の中で最高の男だし、いつか慎之介さんがあたしを最高の女だと思ってくれるときがくるまで待ちつづける、みたいなことを毎回、喋る。その電話を切ってためいきをつくのが癖になった。

風邪がなおり、体力も回復して、またランニングと水泳を始めている。一日の時間をつぶすのに苦労するが、新しい職に就くのは心中事件のほとぼりがさめるまで待った方がよさそうだ。昼間はあまり外へも出ず、昔の小説ばかり読んでいる。自衛隊の人妻からも社長の奥さんからも連絡はないし、スナックのママはあいかわらずのゴルフで、いまのところ見知らぬ女性と知り合うきっかけもない。

小説を読み飽きて、たまに事件の夜を思い出してみることがある。しかし、坂道の途中でタクシーをつかまえしなこの車を追跡したという記憶から先は跡切《とぎ》れていて、ほとんど収穫がない。ただ、一つだけ鮮明に憶えているのは、あのとき暗く冷たい海水に首までつかりながら、いつかの晩バスルームで見たしなこの笑い顔をぼくが思い出していたことである。空中に高く差しあげたぼくの両手のなかで子猫は眼を見開き、爪を立て、まるで野生の獣のような声で暴れた。暗闇のむこうへ、しなこの呼ぶ声の方へ自由に跳躍することを望むように。立ち泳ぎの脚づかいでけんめいに息を継ぎながら、ぼくはふいに自分が笑いたがっていることに気づいていた。笑いは腹の底から唐突にわきあがり、喉もとへ押し寄せると、一気に爆発した。間近で水しぶきがあがった。子猫の名前を呼ぶしなこの声が、男の哄笑《こうしょう》を訝《いぶか》しむ女の声が、はっきりと聞き取れた。しかし、めざす相手に触れることはできない。女がつづけざまに海面を叩き、何事か叫ぶ。それに応えるかのように、ぼくは闇のなかで金いろに輝く獣の眼を視つめたままいつまでも笑いつづけていた。

三十年後のあとがき

この本に収められた五つの短編小説は、一九八六年から八八年にかけて、いまからおよそ三十年前に書いたものです。

三十年も前の自作を再読した感想としては、たとえば、これほど若々しいものはもう書きたくても書けないとか、小説家としてキャリアを積んだいまならもっと上手に書けるはずだとか、そのへんに落ち着くのが自然かと思うし、そういうありがちな、年を取れば誰しも円熟期を迎える的な文章を「あとがき」に記すことになるだろうと予測もしていたのですが、実際に読み終えた感想は、それとは懸け離れていました。

今日書く小説を、もし別の日に書いたとしたら、違ったものになるかもしれない。小説の地の文は、今日書いた文と一字一句おなじにはならないかもしれないし、登場人物の会話だって別のことばに変わってしまうかもしれない。そういう漠とした考え、というか頼りなさは、これは現在の話なのですが、小説を書いているとき僕の中にあります。簡単に言ってしまえば、今日書いた文章は、今日のみの文章だろうということです。おそらく明日、今日とおなじものは書けないだろう。仮に、明日書くほうが良いものだとしても、今日書いたものをとるしかない。なぜなら、人は文章を今日、どこまで行っても今日、いましか書けないから。

そういうことを、いまさら、と思われるかもしれませんが、僕は昔の自分が書いた小説を読み返して、あらためて考えました。

ひとつ例にとると、『傘を探す』という作品。僕はこの、失われた雨傘を探して夜の街を、人から人へとめぐり歩くストーリーをいまでも面白いと思います。もし若い佐藤正午がこれを書いていなければ、いま僕の手で新たに挑戦してみたいくらいです。でもこの小説は、すでに今日、過去のある時点においての今日、完璧な作品として書かれて、ここにあるわけです。完璧な作品とは、非の打ち所のない作品の意味ではありません。採用された文体、エピソードの取捨選択までふくめて、三十年ほど前、この書き出しで、この語りの順番でいくしかないと僕が決めた、その決断に、いまの僕としても異論をはさむ余地はない、という意味です。

明日、それは完璧ではなくなるかもしれない。でもそういう頼りなさを振り切って、今日書く文章を、いまが書くべき時なのだと信じて書く以外にない、それが若いときから僕がずっと続けているものを書く仕事、なのかもしれません。

短編集『夏の情婦』を読み返して、この五編がいずれも、書くべきときに書かれた小説である、と三十年後のいま思える、それが僕の率直な感想です。

二〇一七年七月　佐藤正午

解説　記憶の扉

中江有里

わたしは小説が好きだ。だけどどんな小説が好きかと聞かれると、言葉につまる。わたしは佐藤正午さんの小説が好きだ。これまでその理由を深く考えないままだったが、今回の解説執筆の依頼をいただき、本書を読みながら考えを巡らせた。ひとつわかったのは、物語が閉じて終わらない、というところかもしれない。

本書には五つの小説が収められているが、どれも終わり方が印象的だ。場の空気に飲まれて頼み事を出来なかった男が惑《まど》う瞬間、女が降りたあと車で坂道を下っていくその途中、自転車のペダルを踏む足に力を込めて前へと進んでいく、受話器の向こうで女が喋《しゃべ》るのをじっと聞いている、闇のなかで子猫の眼を見つめながら笑い続ける……ここだけ切り取ると、わかりやすいエンディングとは言い難い。

物語に切れ目があるとするなら、思いがけない部分にラストシーンという切れ目が刻まれている。その切れ目を刻む眼差《まなざ》しはどこまでも客観的で、苦い思いを抱く登場人物をじっと眺めている。物語はラストシーンで閉じて終わらない。開いたまま次の場面へと展開していくことを想像させるが、その先は永遠の謎である。

物語が閉じないというのは、登場人物たちが語り続けるからでもある。物言う唇《くちびる》は閉じても、心は開いたまま、思いがあふれ出すままに流れいく。

『二十歳』では札幌の大学生時代、二十歳の頃の思い出が語られる。

ネクタイが結べない「ぼく」が初めてネクタイを締めるまでのエピソードだ。大学へ足が遠のいてしまった「ぼく」は、午後三時に目覚めてから動き出すという怠惰《たいだ》な生活を送っている。「ぼく」がいつもと違う行動をするのは、彼女からの電話があったときだけ。待ち合わせ場所に必ず先に来ている彼女は「ぼく」より年上らしい。二人の関係は一見恋人のようだが、彼女には別の男の気配があり、「ぼく」はそれを承知している。いつか訪れる別れを覚悟する不安定さが漂《ただよ》う。

三年前に小説文学賞を取った三十一歳の「ぼく」が二十歳の自分を語る形式を取るが、過去を懐かしむのではなく、悼《いた》むような感覚を覚えた。決して戻らない若き日の自分は、ある意味死者のようなものだ。笑って振り返られる子ども時代とも違う、切ない二十歳の日々を振り返るのには、悼むというのがふさわしいのかもしれない。

表題作『夏の情婦』は、魅惑《みわく》的なタイトルだ。塾の教室、塾講師の家、誰かに宛てられた手紙のような文面の三つで大部分が構成されている。

教室では生徒と会話し、家では時折訪れる太った女とのやりとりが綴られる。こうして断片的に描かれる場面の大方《おおかた》の事情を伝えるのは手紙のような文面だ。小説の構成をこんな風に記すのは無粋《ぶすい》な気もするが、これで魅力がそがれる作品ではないので、あえて書く。

主人公の男と女は互いの家に行き来しているが、ある日女は親族に男との関係を咎《とが》められる。そして男にとっての自分とは、「情婦」だと思う。

人を好きになるとは、様々な定義があるだろうが、ある人が自分にとって他の人とは違う特別な好意を抱く相手であると自覚することではないだろうか。好意とは自覚から生まれる。一方的な好きが高まって、それ以上に発展するには、相手の同意が必要だ。

女は男が好きだった。好きな気持ちは相手への遠慮になり、せっかく築かれた関係を壊さないよう受け身になっていく。

しかし相手にとっての自分の存在が「情婦」という二文字に変換されたことで、これまで目を向けないようにしていたものがさらけ出されていった。一方、男は女を性欲のはけ口として見なしている。

男は自分の残酷さを多分自覚しつつ女との日々を語る。語ることが男の贖罪《しょくざい》でもあるかのように。

『片恋』の主人公は冒頭の『二十歳』と同じく小説家の「ぼく」。

日本列島の西の端《はし》にある地方都市が彼の小説家としてのアウトラインという。ある日、高校の同級生である市丸博子と再会し、彼女から若い女を紹介される。若い女はかつて思いを寄せていた高野悠子と似ていた。

「ぼく」が綴る高校時代は、創られた記憶が混じる（小説家なのだから当たり前だけど）。

小説はフィクションだ。書かずにいられない物語を言葉にして残すためのフィクション。高校卒業後、北海道の大学へ進んだぼくは思う。

「二十三歳のぼくは、異性に関して何ひとつ知識を持たぬ時代をすでに通り過ぎていたけれど、しかしそれで十代に抱いた感情を消し去ることもできなかった」

生まれ育った町を嫌った高野悠子は、その後、町の医者の夫人に収まり、「ぼく」は町に戻って小説を書いている。「ぼく」の片恋は古傷のように疼《うず》き、甘く苦い感傷だけが鮮明に残る。

『傘を探す』は本書の中では少し違う色合いを持つ。姉の夫の傘を借り、その傘の行方を見失った弟が傘を探し続ける物語。

姉への恋慕《れんぼ》に似た感情と恋人悦子への思いを抱えながら、弟が傘を探す光景がなんとなく可笑《おか》しい。又貸しが繰り返されているらしい傘はなかなか見つからず、中身が乏しい財布と相談しながら探し続ける弟。悦子の妊娠と傘の行方という全く違う事情が、併行して記される。

傘は彼から姉を奪った夫の物で、つまり見つかろうと見つかるまいとどうでも良いのだが、姉に懇願《こんがん》されたから探している。また悦子とは寝る目的で近づいたが、彼女は彼以上に彼との関係を真剣に考えていた。

いろんな事情に板挟みになり、悲しいことやものから逃げるように何かを追うのだけど、思考はずっとふたつの問題から逃れられない。

逃げてばかりいてどうしようもないのになぜか憎めないのは、彼が人一倍弱いからかもしれない。

『恋人』は、書店の配達係として暮らす「ぼく」は、自分の生活習慣を何より大切にする男だ。何人もの女との付き合いもローテーションが組まれ、日々の肉体トレーニングのように取り組んでいる。そんな彼の元にあらわれた水沼姿子は、彼の生活に変化をもたらす。

女のことをよくわかっているはずの「ぼく」は、自分の想像を超えていく姿子に振り回されながらも、その強引さにあらがえない。

好きになってしまった弱みを全く見せない姿子の人物造型に圧倒されるが、女をわかっているはずの「ぼく」の自信のなさが剝《は》がれ見えてくるのが面白い。

姿子は、「ぼく」が無意識に何重にも覆い隠している性質を暴いていく。戸惑ったり、憎んだりしながらも自分の領域を侵していく彼女を拒めなくなるのは、彼がそれを望んでいたからではないだろうか。

以上が、わたしの解釈である。

もちろん佐藤正午さんが書かれた意図とは違うかもしれないし、読む方にとっての解釈とも距離があるかもしれない。でも言葉にするところからしか解釈は生まれない。そして小説とは自由なものだとあらためて思った。

物語を楽しむのもひとつの読み方だが、書き手の個人的な経験や感情に触れて、読み手の中に深く沈んだ、あるいは忘れかけた記憶や感情が浮上してくる。そんな経験を出来るのも小説の良さだ。時間や場所を越えて、自分でも思ってもみなかった言葉や感情が差し出されたり、自分の胸の中にこみ上げてきたりする。

人は忘れやすい生き物だ。忘れなければ生きていけないこともあるし、嫌な思い出ほど隅に追いやって、何でもなかったような顔をして過ごしている。

今思い出しても恥ずかしくて悶絶しそうな出来事も、自分をつくってきたことには間違いなく、どんなことであろうと自分を記憶していくのは、自分以外いない。それが叶わないなら、この世には小説がある。

小説は読み手の記憶の一片を替わって保存してくれる芸術だと思う。

佐藤正午さんの小説が好きな理由がもうひとつわかった。

わたしの記憶を開いてくれる扉みたいだから。

他に好きな理由はもっとあるが、まだ自分でもわからない。読みながら理由を探していきたい。

（なかえ ゆり／女優・作家）

―― 本書のプロフィール ――

本書は、集英社より刊行された『夏の情婦』(単行本/一九八八年十二月刊、文庫/一九九三年三月刊)をもとにして、新たに著者が書き下ろした「三十年後のあとがき」を加えて、再文庫化したものです。

小学館文庫

夏《なつ》の情婦《じょうふ》

著者　佐藤正午《さとうしょうご》

二〇一七年八月十三日　初版第一刷発行

発行人　菅原朝也
発行所　株式会社 小学館
〒一〇一-八〇〇一
東京都千代田区一ツ橋二-三-一
電話　編集〇三-三二三〇-五一三四
　　　販売〇三-五二八一-三五五五
印刷所――――大日本印刷株式会社

造本には十分注意しておりますが、印刷、製本など製造上の不備がございましたら「制作局コールセンター」(フリーダイヤル〇一二〇-三三六-三四〇)にご連絡ください。(電話受付は、土・日・祝休日を除く九時三〇分~一七時三〇分)本書の無断での複写(コピー)、上演、放送等の二次利用、翻案等は、著作権法上の例外を除き禁じられています。本書の電子データ化などの無断複製は著作権法上の例外を除き禁じられています。代行業者等の第三者による本書の電子的複製も認められておりません。

この文庫の詳しい内容はインターネットで24時間ご覧になれます。
小学館公式ホームページ　http://www.shogakukan.co.jp

©Shogo Sato 2017　Printed in Japan

ISBN978-4-09-406422-3

たくさんの人の心に届く「楽しい」小説を!

第19回 小学館文庫小説賞 募集

【応募規定】

〈募集対象〉 ストーリー性豊かなエンターテインメント作品。プロ・アマは問いません。ジャンルは不問、自作未発表の小説（日本語で書かれたもの）に限ります。

〈原稿枚数〉 A4サイズの用紙に40字×40行（縦組み）で印字し、75枚から100枚まで。

〈原稿規格〉 必ず原稿には表紙を付け、題名、住所、氏名(筆名)、年齢、性別、職業、略歴、電話番号、メールアドレス(有れば)を明記して、右肩を紐あるいはクリップで綴じ、ページをナンバリングしてください。また表紙の次ページに800字程度の「梗概」を付けてください。なお手書き原稿の作品に関しては選考対象外となります。

〈締め切り〉 2017年９月30日（当日消印有効）

〈原稿宛先〉 〒101-8001　東京都千代田区一ツ橋２-３-１　小学館　出版局「小学館文庫小説賞」係

〈選考方法〉 小学館「文芸」編集部および編集長が選考にあたります。

〈発　　表〉 2018年５月に小学館のホームページで発表します。
http://www.shogakukan.co.jp/
賞金は100万円(税込み)です。

〈出版権他〉 受賞作の出版権は小学館に帰属し、出版に際しては既定の印税が支払われます。また雑誌掲載権、Web上の掲載権および二次的利用権(映像化、コミック化、ゲーム化など)も小学館に帰属します。

〈注意事項〉 二重投稿は失格。応募原稿の返却はいたしません。選考に関する問い合わせには応じられません。

第16回受賞作
「ヒトリコ」
額賀 澪

第15回受賞作
「ハガキ職人タカギ!」
風カオル

第10回受賞作
「神様のカルテ」
夏川草介

第１回受賞作
「感染」
仙川 環

＊応募原稿にご記入いただいた個人情報は、「小学館文庫小説賞」の選考および結果のご連絡の目的のみで使用し、あらかじめ本人の同意なく第三者に開示することはありません。